U0098229

你這輩子唯一需要的電影編劇指南

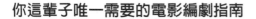

先讓英雄救貓咪
SAVE THE CAT！

The Last Book on Screenwriting That You'll Ever Need

作者 / 布萊克·史奈德　Blake Snyder
譯者 / 秦續蓉、馮勃翰

目錄

前言：為什麼 先讓英雄救貓咪？

怎麼又是一本電影編劇書？

我相信很多人心裡都這麼想。

就某種程度而言你想的沒錯，市面上的確有很多不錯的電影編劇書。如果你想從經典作品開始讀，就去找席德・菲爾德（Syd Field）[1]的書來看，他首開先河用系統性的方法教劇本創作，我們所有的好萊塢編劇都是他的學生。

你還有其他不錯的書和課程可以選，當中有不少我自己也會拿來做參考。

我喜歡薇琪・金（Viki King）的《二十一天搞定電影劇本》（*How to Write a Movie in 21 Days*），書名聽起來很不可思議對吧！我不但照做，還真的在期限內完成劇本，最後也成功賣出了。

我也推崇喬瑟夫・坎伯（Joseph Campbell）的《千面英雄》（*The Hero With a*

Thousand Faces)[2]，這本書至今仍是剖析故事原型的最經典之作。

我當然也很欽佩羅伯特・麥基（Robert McKee）[3]，他在台上講課真是魅力十足，就像《平步青雲》（*The Paper Chase*）裡的金斯菲爾教授。如果你想當編劇，他的講座你至少要參加一次，內容精采絕倫，不去不行。

此外，如果你自認看過無數電影，也看夠了各種爛片，而且看到爛片時心裡還會嘀咕「這種東西我也寫得出來」，你或許會覺得寫劇本根本不需要看書來學。

所以，又何必看我這一本？

我有什麼本事可以說出你在其他地方從未聽過、學過的東西，讓你的劇本脫胎換骨？

首先，我還沒有看到市面上有哪本書是用「我們的日常語言」來教編劇。我八歲就開始幫我父親製作的兒童節目配音，之後便一直待在影視產業，因此我一向習慣用最通俗淺白的方式來講所有和電影有關的事。市面上那些編劇書都太理論派，也太正經八百了！我覺得他們對電影的態度實在崇敬過了頭，反而讓人難以親近。所以我不禁在想，如果有本書能用編劇和製片平日工作時的說話方式來談劇本寫作，不是很好嗎？

再來，我認為一個寫書教編劇的人，最好要曾經寫過能賣的劇本，你說對不對？（我這麼說並沒有對其他人不敬的意思。）如果用這個標準來看，我覺得我非常夠格。我做了二十年編劇，靠寫劇本賺了幾百萬美金；我寫過許多高概念（high concept）的原創劇本，讓電影公司爭相競價，其中有兩部已經拍出來了[4]。

幾位圈內的重量級人士像是史蒂芬・史匹柏（Steven Spielberg）、麥可・艾斯納（Michael Eisner）、傑佛瑞・卡辛堡（Jeffrey Katzenberg）、保羅・馬斯蘭斯基（Paul Maslansky）、大衛・波莫（David Permut）、大衛・柯許納（David Kirschner）、喬・威森（Joe Wizan）、陶德・布萊克（Todd Black）、克雷格・鮑嘉坦（Craig Baumgarten）、伊凡・賴特曼（Evan Reitman）和約翰・藍迪斯（John Landis）等人，都曾對我的劇本給予指教。我也從許多沒那麼有名但能力毫不遜色的人身上，吸收到很多關於編劇的智慧結晶，而這些全是我在寫劇本時會拿來用的原則和技巧。

第三，如果一本編劇書的作者，能夠運用書裡的方法教其他編劇寫出能賣到好萊塢的劇本，豈不更是品質保證？

對，這個人還是我。

我和其他編劇合寫劇本的經驗豐富，也曾將我的劇本寫作技巧和訣竅傳授給業內一些最成功的編劇。我能幫助他們成為更出色的編劇，原因無他，我的方法很基本、很實用，而且最重要的是，它們真的可以

幫助你寫出能賣的劇本。

最後，我認為一本編劇書應該要說真話，很誠實地告訴你劇本要怎麼寫才能賣。但現實說來殘酷，有太多關於電影編劇的講座和課程，都在鼓勵錯誤的想法和方向，像是「跟著感覺走」、「忠於你的想法」等等，族繁不及備載。這些建議比較像是心理醫生該說的話，但我只想增進編劇技巧、寫出能賣的劇本，就這麼簡單而已。人生短暫，我才不要自我欺騙，誤以為我根據某年夏令營的親身經歷所寫的劇本真的大有市場，結果卻只是空歡喜一場。

再回到一開始的問題，都已經有那麼多電影編劇書了，我為什麼還要再寫一本？因為我讀過的其他編劇書都說不到重點，也提不出幫助新手編劇在好萊塢嶄露頭角的好方法。事實上，那些書只幫作者賺進了版稅卻沒有幫讀者成功。我自己並不想以教編劇為業，只是單純想將自己會的東西傳授出去，我已經到了應該傾囊相授的人生階段了。我這輩子遇到過許多貴人，也曾得力於大師們的教導，現在時候到了，換我來把知道的全都告訴你。

我之所以會動筆寫這本書，也是因為近年來有太多被拍成電影的劇本，其實都缺乏一些編劇的基本概念。儘管好萊塢早已累積了各種豐富的編劇知識，但很多行內人卻把劇本寫作的最基本原則拋在一邊，也不管呈現出來的效果好不好，他們以為只要有電影公司支持也有大筆資金，就不必照著規矩來。坦白說，這樣做真的把我嚇死了！

在我寫這本書的期間，好萊塢出現了一個讓我很不舒服的現象，雖然從商業角度來說相當聰明。這個現象叫做「力拚首週票房，其他都不重要」，而且已經蔚為風尚。電影公司為此目標撒下大把鈔票，使出渾身解數，排片時爭取全美超過三千家戲院上映，然後靠首週週末的票房紅盤就可以回本了。之後誰會在乎那部片因為口碑很爛，所以第二週的票房立刻掉了七、八成？

這個現象讓我困惑的地方在於，電影公司花大錢在明星片酬、特效、廣告和行銷（別忘了還有各種平面文宣），但只要他們肯花美金四塊錢買些紙筆，照著（我教的）規矩好好寫劇本，很多錢都可以省下來，而且電影還會更好看。

就以《古墓奇兵2：風起雲湧》（Lara Croft Tomb Raider: The Cradle of Life）這部時髦電影來說，他們敢花錢，卻搞不清楚這部片怎麼了，為什麼吸引不了原先設定的男性觀眾族群？我對這個結果一點也不驚訝。它出了什麼問題？導演、製片哪裡錯了？答案再簡單不過：我不喜歡女主角蘿拉‧卡芙特，她冷若冰霜又不苟言笑。這樣的角色設定在電玩世界和漫畫裡都沒問題，但是不會讓我想出門去看電影。製作團隊以為只要讓主角「耍酷」你就會喜歡她了，所以讓蘿拉開一輛酷炫的吉普車，就是他們認為的「角色設定」，覺得這樣就可以創造出一個受歡迎的英雄主角。呃，各位，我才不管酷不酷，這樣是行不通的。

為什麼？

因為，若要吸引觀眾進到電影的世界裡，唯有先讓他們喜歡上這趟英雄之旅的主角，除此以外別無他法。

這是為什麼這本書的書名叫做《先讓英雄救貓咪》。

救什麼來著？

救貓咪！這只是比喻，講的卻是很基本的道理。在主角首度登場時，會有一場我稱之為「救貓咪」的戲碼，主角除了亮相還會做點什麼──像是去救貓咪之類的──來讓觀眾認識他是怎樣的人，並因此喜歡上他。

在驚悚片《激情劊子手》（Sea of Love）裡，艾爾·帕西諾（Al Pacino）飾演一名警探。電影的開頭有一場誘捕行動，有一群違反規定的假釋犯遭到設計，來參加紐約洋基隊的球迷活動。他們原以為可以和球員見面，沒想到卻是艾爾和他的警察弟兄們在現場等著，準備將他們逮捕。艾爾在這場戲裡看起來很酷（因為他的誘捕計畫很酷），不過他臨走前還做了一件更加分的事。有另一個罪犯也帶著兒子來參加活動，但卻遲到了，艾爾看到那個爸爸帶了小孩，於是只故意亮了亮警徽，對方便會意地點點頭，快速離開。艾爾放他走，是因為那傢伙身邊還帶著年幼的孩子。但是為了讓你知道他並不是婦人之仁，他又趁機向對方撂下一句台詞：「晚點再來抓你……」嗯，我不知道你怎麼想的，但我開始喜歡艾爾了，我會願意跟著他去任何地方打擊犯罪。

而且你知道嗎？我會想看他贏得勝利。這一切都要歸功於艾爾跟那位帶著棒球迷兒子的父親，他們之間短短兩秒的互動。

如果《古墓奇兵2》的製作團隊省下幫安潔莉娜‧裘莉（Angelina Jolie）設計超彈性緊身服的兩百五十萬美金，但是多花四塊美金加寫一場很棒的「救貓咪」戲碼，結果會怎樣呢？電影應該會好看很多。

這就是本書書名的由來。「先讓英雄救貓咪」象徵了所有我希望你能懂的編劇常識，對某些電影人來說，這也是所有好故事必須遵守的定律。這些都是我和我的編劇夥伴常年在好萊塢的嚴酷環境裡學到的寶貴功課。

我們（希望有朝一日也包括你）都努力向各大電影公司提案，設法讓劇本賣個好價錢，也希望拍出來的電影能吸引愈多觀眾愈好。我們期待自己的作品大賣，如果有機會能拍續集更好。若不是想放手一搏，又何必下場？雖然我也愛獨立電影，但是我更想在主流電影的舞台上發光發熱，因此本書是寫給那些想要征服主流電影市場的人。

我所講的編劇規則與經驗都不是無中生有，很多都是從我的編劇搭檔那裡學來的，所以我要將本書獻給他們：霍華‧柏肯斯（Howard Burkons）、吉姆‧哈金（Jim Haggin）、柯比‧卡爾（Colby Carr）、麥克‧切達（Mike Cheda）、崔西‧傑克森（Tracy Jackson）和薛爾頓‧布爾（Sheldon Bull）。我也從摯愛的經紀人希拉蕊‧韋恩（Hilary Wayne）和經理人安

迪・柯恩（Andy Cohen）還有許多其他人身上學到很多，我能在好萊塢立足，全要歸功於他們。此外，我也從學生和網路寫手那裡得到許多啟發，他們之中有些人是從小嗑獨立電影長大的，還有人以盛氣凌人的態度質疑過我，為我帶來全新的觀點──也只有真正對電影有深刻想法的年輕人才會這麼做。

如果「救貓咪」的例子勾起了你的好奇心，讓你想學更多的編劇戲法，那就讓我們開始吧！「先讓英雄救貓咪」只是眾多戲法裡最基本的一個。話說在前頭，我講的方法都很有用。

而且「每次」都有用。

我希望你能將這些編劇法則學以致用，甚至有一天你可以打破規則，也希望當你的電影上映了，它能叫好又叫座。等時候到了，換你將自己的技巧原則傳授給別人。

1. 它在講什麼？

我們都有過這樣的經驗……

週末晚上，你和朋友們決定要去看電影，你們其中一人被大家推出來念報紙上的電影資訊，其他人在一旁邊聽邊考慮；如果你立志做電影編劇，這時候你將學到非常重要的一課。

假使你有幸被朋友選中，成為「念出上映電影片單以供大家選擇」的那個人，那麼恭喜，你已經有了做「電影提案」的經驗，就和那些電影專業人士一樣；不過，你和他們都面臨了同樣的問題——對，這部片是喬治‧克隆尼（George Clooney）主演的，沒錯，它有超炫的特效，更不用說各方影評對它讚譽有加！

但是，這部片在講什麼？

我們馬上就會知道你能不能回答這個問題。如果你無法從片名或電影海報看出它要講什麼，又怎麼描述給你的朋友聽呢？通常你會拿著報紙站在那裡，說的都不是這部片在講什麼，而是一些你聽來的、雜誌上寫的、電影明星在深夜脫口秀節目裡透露的二手又荒誕的消息。當你的朋友聽完這些很虛的說明後，他們八成會問一個讓所有電影創作者都膽戰心驚的一句話：「還有別的電影嗎？」

到頭來，這全都是因為你答不出一個簡單的問題：這部片在講什麼？

「它在講什麼」是最重要的問題，這個問題的答案直指一部電影的核心。有了很棒的「它在講什麼」，一部電影自然會有很多人想看。

我們把畫面切到週一早上的好萊塢。

週末票房的結果出爐了。某部慘遭滑鐵盧的大片上了《綜藝報》（Variety）頭條，而締造票房佳績的製片正馬不停蹄地在電話中表示：「我就知道！我早就告訴你了吧！」其他人則又從頭開始下面的流程：

- 製片和編劇在電影公司老闆的辦公室，準備做電影提案。
- 經紀人在電話裡描述她收到的一部劇本，她在週末讀完後愛不釋手。
- 監製正與電影公司的行銷人員開會，討論暑期檔新片的海報設計。

每一個好萊塢電影從業人員都在同一個問題上打轉，而這也是你和朋友們在週末晚上遇到的問題，那就是：這是一部什麼樣的電影？它在講什麼？

如果他們無法回答這個問題，他們就完蛋了。

如果你覺得這一切聽起來很殘酷，如果你不相信好萊塢其實根本不在乎故事情節或是導演的藝術眼光，那更糟的還在後頭。原因是，就像你拿著報紙想把各種電影介紹給你的朋友，在好萊塢，類似這樣想博取大眾注意力的競爭早已愈演愈烈。如今我們有電影、電視、廣播、網路和音樂，有三百個有線電視頻道、各類雜誌，還有各式運動比賽。事實上，在任何一個週末，就算是重度影迷也只有三十秒左右的時間來決定要看什麼片，更何況是一般人？在這麼多引人注目、琳瑯滿目的選項中，你要如何殺出重圍，讓大家注意到你的電影？

選擇實在太多了啊！

正因如此，各片廠都在試著讓選擇變得更容易些。這也是為什麼他們推出這麼多續集片和老片重拍，他們稱這些片為「已有粉絲基礎」（pre-sold）的票房保證，並打算推出更多這種電影。

所謂「已有粉絲基礎」的票房保證片，是指已經有一群為數不少的觀眾會買帳的片子。這些片子可以直接跳過「它在講什麼」的問題，因為大多數人已經略有所知。比方說像是《警網雙雄》（*Starsky & Hutch*）、《綠巨人浩克》（*Hulk*）和《惡靈古堡》（*Resident Evil*），分別改編自電視劇、漫畫和電玩，早已累積了大批粉絲。除此之外，我們還有氾濫成災的續集片，諸如《史瑞克 2》（*Shrek 2*）、《蜘蛛人 2》（*Spider-Man 2*）、《不可能的任務 3》（*Mission: Impossible III*）、《瞞天過海 2：長驅直入》（*Ocean's Twelve*）等等。出現這種現象並不是因為好萊塢已經江郎才

盡，而是片商認為觀眾打從心底根本不想嘗試新東西。你幹嘛要放棄一部你已略知一二的電影，拿十塊美金去賭一部不太曉得在講什麼的片子？

也許片商是對的，因為如果你不知道「它在講什麼」，又何必要冒這個險呢？

所有的原創電影編劇都面對到同樣的難題：我們手上沒有、也不太可能會有任何已有粉絲基礎的故事、人物與設定的改編權；我們只有筆電和夢想。在這種情況下，我們該怎麼寫出像《阿拉伯的勞倫斯》（*Lawrence of Arabia*）一樣精采、又像《小鬼大間諜 3》（*Spy Kids 3-D: Game Over*）一樣賣座的劇本呢？這個嘛，方法是有的，不過你若想嘗試，就必須先做一件非常大膽的事。我要你忘掉所有關於劇本的一切，忘掉那些在你腦海裡湧現的絕妙畫面、配樂，還有你覺得適合當主角的大明星。忘掉這一切吧。

先專心寫下一個句子，一句就行。

因為如果你可以用一句有創意的話來表達你的電影在講什麼，你就能引起我的興趣。況且，若你在動筆寫劇本前就這麼做，你寫出來的劇本也會更精采。

從一個吸引人的「故事前提」開始

我曾和許多編劇討論過劇本，也聽過各種專業和業餘的劇本提案。每當有人急著開始介紹劇情內容時，我總會丟出同樣的問題打斷他們：「能先用一句話來介紹你的電影嗎？」奇怪的是，很多人都是等到劇本寫完了才開始想這個問題，連我自己也犯過這樣的錯。當你完全沉浸在創作的世界、對自己巧妙安排的隱喻感到興奮、也把每個環節都設計妥當，卻忘掉了最基本的一件事：你還沒有辦法向我介紹這部電影在講什麼，你無法在十分鐘內說清楚故事的重點。

呃，你搞砸了，而我也不會再聽你說下去，因為我知道你還沒有想清楚。

一個好的電影編劇，尤其是原創編劇，必須考慮到產業裡每個環節的人——從經紀人到製片，從片廠高層到普羅大眾。你的首要之務是要打動這些陌生人的心，但是你該怎麼做呢？如果你不能先用一句話告訴我你的電影在講什麼，那麼老兄，我還有別的事要忙。別管劇情了，先想出一個能打動我的「故事前提」（logline）[5] 再說。

用好萊塢的行話來說，故事前提又叫做「一句話劇情概要」（one-line）。要分辨故事前提的好壞很簡單，如果我讀到某個故事前提的反應是：「我怎麼沒想到？」那它就是一個很棒的故事前提。

以下是我從近期成交的劇本中挑出的幾個很棒的故事前提。它們雖然都是家庭喜劇（這是我最擅長的電影類型），但其中的觀念可以應用到各類喜劇片、劇情片，甚至任何類型。這幾部劇本的成交價碼都高達幾十萬甚至上百萬美金。

一對新婚夫妻必須在聖誕節那天到各自離婚的父母所組成的四個家，一起共度佳節。

——《真愛囧冤家》（*Four Christmases*）

一位新進員工參加週末的公司旅遊，沒多久竟發現有人要殺他。

——《度假村》（*The Retreat*）

一名不敢冒險的男老師想和夢中情人結婚，卻必須先和他未來的大舅子，一個有過度保護欲的警察，一起進行一場有如置身地獄的街頭巡邏。

——《一路前行》（*Ride Along*）

信不信由你，這幾個故事前提有一些共同點。它們不只說明了一部片「在講什麼」，也滿足了所有能賣的故事前提必備的四大要素。

哪四大要素？讓我們來仔細分析。

它反諷嗎？

一個好的故事前提必須要有反諷效果，這是四大要素中最重要的一個，也是我的編劇搭檔柯比‧卡爾過去教我的事。這個原則無論是喜劇片還是劇情片統統適用。

一名警察來到洛杉磯找分居的妻子，卻發現她上班的那棟大樓被恐怖分子占領了。

——《終極警探》（*Die Hard*）

一位富商愛上了他雇來在週末陪伴他的妓女。

——《麻雀變鳳凰》（*Pretty Woman*）

我不知道你怎麼想的，不過我覺得這兩個故事前提都充滿了反諷意味，而反諷可以吸引我的注意。我們這些整天為故事前提絞盡腦汁的人喜歡稱之為懸念（hook），就像字面上的意思，它能勾起你的好奇心。

前面列舉的故事前提之所以吸引人，是因為它們都帶有反諷意味。在《真愛囧冤家》中，原本應該是全家歡聚的聖誕假期現在卻必須四地奔波；在《度假村》裡迎接那位新進員工的，不是公司的迎新活動而是生命威脅，還有什麼比這更諷刺的呢？

柯比指出了一個事實，那就是一個好的故事前提必須要能吊人胃口，就像是非搔不可的癢；它像是一本書的封面，而吸引人的封面會讓你想馬上翻開書，看看裡面寫了什麼。

有時候你想找出劇情裡的諷刺元素，把它們寫進故事前提裡，結果卻發現找不到。嗯，如果是這樣，恐怕不只是你的故事前提有問題，劇情或許也出了問題，而你應該要在這時候回頭重新思考。堅持讓故事前提帶有反諷意味，可以幫助你檢查你的創意發想是否有所不足，說不定你還沒有想出一個值得寫成劇本的好點子。

激發觀眾想像

故事前提的必備要素之二，是能讓人透過它想像出整部電影。一個好的故事前提會在你的腦袋裡發芽滋長，讓你可以看到這部電影的雛形，或至少是發展潛力，而它觸發的想像畫面要能讓人產生期待。

我最喜歡的故事前提，是製片大衛‧波莫的《盲目約會》(*Blind Date*) 的電影提案：「她是個完美女人──在她沒喝醉的時候。」不知道你是怎麼想的，但我能看到那個畫面。我看到一個美女和一個搞砸的約會，有個男的想挽救這一切，因為她是他的真命天女。這句故事前提蘊含的畫面遠比電影實際拍出來的要多，不過那是另一個話題了。我要告訴大家的重點是，一個好的故事前提不但要吸引人，還要能讓人

產生期待。

在前面幾個原創電影的故事前提當中，我們甚至可以想像出整部電影從頭到尾的畫面，不是嗎？就《一路前行》來說，我雖然只看過它的故事前提，沒有讀過更多相關介紹，但我覺得這應該是發生在晚上的故事。其它例子也一樣，它們的故事前提都清楚點出了故事發生的時間範圍：《真愛囧冤家》是在聖誕節，《度假村》是公司出遊的週末，而《一路前行》則是在某天晚上。此外，《一路前行》還製造了一個很明顯的喜劇衝突，讓性格迥異的兩人為了一個共同目標而翻臉。在這部片裡，一個膽小又不諳世事的男老師，被他那當警察的大舅子給扔進一個龍蛇雜處、罪犯猖獗的世界。每當有人忽然被拉出他的舒適圈，你就知道有事情要發生了，所以這麼短短的一句劇情設定，就能激發你無窮想像，這也是為什麼這類「水土不服」的電影會這麼受歡迎的原因。

你的故事前提符合以上條件嗎？你丟給我的劇情設定，能否引發我對後續情節的想像？如果不能，你的電影就還沒有故事前提。讓我再說一次，如果你還沒有故事前提，也許你應該重新構思整部電影。

目標觀眾和製作成本

一個好的故事前提也應該要能點出這部電影是拍給誰看、要花多少

錢，這對吸引電影公司買主來說非常重要。

以《真愛囧冤家》為例，我敢說他們設定的觀眾群應該跟《門當父不對》（*Meet the Parents*）和續集《門當父不對 2：親家路窄》（*Meet the Fockers*）差不多，這兩部片的製作成本都屬中等價位，內容則是男女通吃、老少咸宜 6。《真愛囧冤家》的故事前提也透露出類似的目標觀眾設定，男女主角看起來應該是二十來歲，正好可以吸引年輕觀眾，而父母的角色可以找深受較年長觀眾喜愛的大明星來客串。我們能說動傑克・尼克遜（Jack Nicholson）、羅賓・威廉斯（Robin Williams）或達斯汀・霍夫曼（Dustin Hoffman）來演嗎？當然可以！看看勞勃・狄尼洛（Robert De Niro）在《門當父不對》裡演得有多好！

我也能從《真愛囧冤家》的故事前提裡看出它的預算不會太高。當然裡面可能會有一、兩場飛車追逐和聖誕樹著火的戲（我猜啦），但拍攝地點就是固定在幾個鄰近的場景，偶爾才需要移動整個劇組到較遠的地方。整體來說，拍這部片並不會太貴。如果我是電影公司老闆，想拍一部中等預算、適合闔家觀賞的聖誕節應景片，《真愛囧冤家》聽起來正符合我的需要。而我之所以能做這樣的判斷，完全是因為該片的故事前提清楚暗示了它的目標觀眾和製作成本。

把劇本送過來吧！

看樣子已經有人這麼做了。

只用短短一到兩句話來介紹整部電影，同時還要傳遞這麼多資訊，要求也未免太多了吧？但這完全可以做得到。

你的故事前提是否也包含了這些資訊呢？

必殺片名

最後，一個好的故事前提必須要和片名搭配在一起，才會耐人尋味，而這樣的組合就像是連續兩記重拳的加乘效果，每每能將我征服。好的故事前提必須要有諷刺意味，但一個好片名不僅要有諷刺性還要能點出故事。就我記憶所及，近年裡最棒、且至今仍令我驚豔的一個片名是《*Legally Blonde*》（金髮尤物）。每當我想到它當初有可能被冠上的各種爛片名，像是《芭比娃娃上哈佛》、《終結法學院》、《胸大有腦》等等，就覺得想出一個既精準又不露骨的片名，還真是一門藝術。這個片名讓我嫉妒，而這表示它吸引到我了。

至於我心目中最爛的片名則是《*For Love or Money*》（直譯：為愛或為錢），理論上，每部電影都在講這個主題。就我所知，已有四部電影取過這個片名，其中一部還是由米高·福克斯（Michael J. Fox）主演[7]，但我完全不記得這四部片在講什麼。我講這些，只是想讓你知道一個泛泛的片名可以平淡到什麼程度，完全打消你花十塊美金看電影的興致。

不過，好片名的關鍵之一，就是片名必須要有「新聞標題」的效果。讓我繼續拿《Four Christmases》（真愛囧冤家）為例。這個片名並非出類拔萃，但也不壞，而且它具備了一個好片名的必要條件（我特別強調這一點，因為這是非常重要的觀念）：

片名要能點出這部片在講什麼！

他們可以取一個比《Four Christmases》更加含糊的片名，比方說《Yuletide》（聖誕佳節）怎麼樣？這不就是一個關於聖誕節的故事嗎？但是《Yuletide》沒有點出這部聖誕節電影在講什麼，也就是一對夫妻必須要在節日當天，到雙方父母各自組成的四個家去過節。如果片名過不了「它在講什麼」這一關，你就還沒有一個好片名，而連帶你的故事前提也就無法達到「兩記重拳」的效果了。

我承認，我常會先想出片名，再讓劇情去配合它。我與人合寫、後來又成功賣掉的劇本《Nuclear Family》（核心家庭），就是這麼想出來的。剛開始我只有一個片名，然後我想到了一個雙關語的梗。「Nuclear family」原本是指由父母子女組成的「核心家庭」，但何不讓它帶一點「核輻射」呢？結果故事前提變成了：「一個問題家庭去一個核廢料掩埋場露營，第二天醒來發現他們都有了超能力。」我和聰明又想像力豐富的吉姆‧哈金一起為這個故事增添血肉，最後在多家電影公司的競價之下，以一百萬美金賣給了史蒂芬‧史匹柏。我們的片名和故事前提都符合前面提到的所有條件：帶有諷刺性、能引起期待、反映目

標觀眾和製作成本（老少咸宜、男女通吃、有特效、不一定需要大明星），當然也說明了這部片在講什麼。

對了，我至今仍想看到這部劇本被拍出來，希望有人聽見這句話啊！

先別急著動筆

所有的好編劇都很頑固。好了，我終於說出口了！

但這句話並沒有負面的意思，如果有任何人能理解編劇們偶一為之的傲慢，那就是我了。做為一名編劇，你會不斷在極度狂妄和極度不安的心態之間搖擺，那種不安全感會強烈到你需要很多年的心理治療，才有辦法大聲說出「我是編劇」。在原創編劇的圈子裡尤其如此。我們開始發想、創作，可以清楚「看見」整個故事，以致於在開始動筆的時候，才發現已經沒有退路了。我們會執意寫下去，完全不管別人怎麼說。我講這些只是讓你有一點心理準備，我建議你在投入大量的時間精力之前，多花時間好好思考你的故事前提、片名與電影海報的呈現。

甚至做一下「街頭市調」。

這是什麼？請往下看。

街頭市調範例

我已經說過,你要先想出吸引人的故事前提和片名,再開始動筆寫劇本。我知道這很折磨人,但是這麼做絕對值得。我最近在網路上和一位編劇合作,他有一個很棒的構想,但故事前提仍含糊不清,吸引不了我。我要他回到第一頁重新開始(幾乎是完全重寫),他抱怨、哀嚎,但還是乖乖去做了。

他照著我的方式,將原本的劇情、歷歷在目的場景和反覆出現的主題都先晾在一旁,從故事前提開始寫起,而這是一個會把腦汁榨乾的可怕工作。他嘗試用不同的方式將原本的故事寫成故事前提,但是歷經多次失敗之後,他才意識到必須要全部打掉重來,才有可能讓故事前提具備諷刺性、令人有所期待,並反映出目標觀眾和製作成本。當然啦,他還得想出一個必殺片名。等他終於放棄原先的所有劇情設定,故事前提也變了。

很快地,他在提案方面得到愈來愈好的反應。他的故事開始配合故事前提而改變,而且愈變愈好!原先只露出一點點端倪的詼諧諷刺感,現在更引人注目了,衝突也變得更鮮明、更強烈。一個好的故事前提必須要達到這樣的效果,否則它就還不夠好。故事前提可以讓編劇過程變得更容易,因為角色塑造會更突出,故事也會變得更明確。

這名編劇還發現,他可以幫電影製作環節上的每個人省下很多錢和麻

煩，而這是再好不過的事了。你能想像在後製期間才來修改故事前提嗎？那就有點太晚了！一個編劇光是靠紙、筆和金頭腦，在任何資金都還沒有投下去之前，就可以幫每個人做完他們的工作。對觀眾來說，他不只是讓念報紙的人更容易把電影推薦給朋友，也提供了一部更值回票價的電影。這一切都要歸功於他事前幫電影設定了一個更吸引人的「它在講什麼」。

拿著你的故事前提做街頭市調還有一個好處，就是你能累積一些做電影提案的經驗。我會把電影構想說給任何一個在街頭駐足的人聽，說給在星巴克排隊買咖啡的人聽；我說給朋友聽，也說給陌生人聽。每次談到正在進行中的劇本構想，我總是毫無顧忌。首先，我不怕任何人偷走我的想法（只有外行人才會怕），再來，與人一對一聊你的劇本會讓你更有收穫，這比找人試讀劇本要有效得多。

這就是我所謂的「街頭市調」。

每當我準備去向電影公司做提案，或正在琢磨一個新構想，或是在四、五個想法之間搖擺不定的時候，我都會去找「路人」聊聊。我會邊講邊看著他們，當對方開始心不在焉、眼神遊移時，我就知道他們失去興趣了，這表示我的提案一定有問題。因此當我找下一個受害者，喔不，是受試者做街頭市調之前，我一定會先好好修改前幾次沒有講好、太鬆散或太含糊的地方。最重要的是，這樣做真的很好玩。常見的情形就像以下這樣：

| 場 01 | 白天 | 內景／日落廣場的香啡繽連鎖咖啡店 | 布萊克・史奈德、陌生人 |

△　店內顧客中混雜著小明星、打扮成「地獄天使」的機車騎士，還有正在啜飲摩卡冰沙、故作姿態的歐洲廢柴。布萊克・史奈德環顧四周，走近一個看起來應該不會揍他的傢伙。

布萊克・史奈德：嗨，可以幫我一個忙嗎？

陌生人：（有所遲疑）什麼事？我十分鐘後要去跳有氧舞蹈。

布萊克・史奈德：太好了，我只會耽誤你一點點時間。我正在寫一部電影，想聽聽你的意見。

陌生人：（微笑，看手錶）好啊……

這樣的場合對我來說很完美，而我每次都用同一招試遍南加州各地、各年齡層的人，特別是正在進行中的劇本所設定的目標觀眾。

透過這樣的街頭提案，你不但可以接觸到不同的人，還可以知道你的電影構想到底好不好。最理想的市調對象就是那些正要離開、前往其他地方的人。如果你能吸引他的注意、吊足他的胃口，甚至讓他主動想多瞭解你的故事，那麼恭喜，你已經有了一個很棒的電影構想。

離開你的電腦、走出去找人聊聊還有另一個好處，你會知道某個你心心念念、捧在手心的劇本——你在一九七二年參加某個夏令營的親身經歷——對陌生人來說其實很無聊。因此，若要挑起陌生人的興趣，

並維持他對故事的注意力，你必須想辦法說出一個令人心動而且是對他（陌生人）有意義的「它在講什麼」。否則，你就只是在浪費時間而已。買票進戲院的人大多與你素昧平生，所以，不管是哪位好友在鼓勵你寫劇本，那些陌生人才是你真正要打動的對象。

想知道你的故事能否打動人，最好的方法不就是走出去、開口問嗎？

高概念已死？

前面提到的每件事，都圍繞著一個被許多好萊塢人士痛恨的名詞，那就是「高概念」。

這個詞之所以廣為流傳，都要歸功於傑佛瑞·卡辛堡和麥可·艾斯納。這兩位大師在全盛時期曾帶領迪士尼走過一段輝煌歲月，他們製作了很多賣座的「高概念電影」，你只需要看一下電影海報，就能知道《家有惡夫》（*Ruthless People*）、《悍妞萬里追》（*Outrageous Fortune*）與《荒唐暴發戶》（*Down and Out in Beverly Hills*）大致上在講什麼。對他們來說，提倡高概念是為了讓電影的故事概念更容易懂。我前面提過的每一件事，也都是為了相同的目的。

但你如果現在還用「高概念」來形容你的劇本，似乎就有一點過時了。這個詞已經退流行，「高概念已死」的說法也甚囂塵上。不過對

我來說，流不流行根本不重要，我只在乎哪些編劇方法真正有效。

在我看來，思考「高概念」和想清楚「它在講什麼」都是好習慣，如果你願意，我們也可以說這是電影人的「基本禮節」。唯有這樣，你才能設身處地站在觀眾的立場看電影，他們可是花錢找人在家帶小孩，又付了停車費才進戲院的。

另外我要說的是，不管卡辛堡和艾斯納有多偉大，高概念並不是他們發明的。打從有電影開始它就存在了。想想導演普萊斯頓・史特吉斯（Preston Sturges）在一九四〇年代的賣座片，包括《七月的聖誕節》（Christmas in July）、《為戰勝英雄喝采》（Hail the Conquering Hero）、《淑女夏娃》（The Lady Eve）和《蘇利文遊記》（Sullivan's Travels），這些都是利用故事前提和海報吸引人進戲院的高概念電影。

再想想希區考克（Alfred Hitchcock）的驚悚片：《後窗》（Rear Window）、《北西北》（North by Northwest）、《迷魂記》（Vertigo）和《驚魂記》（Psycho）。光是提到這些電影，就足以讓影迷們回想起每部片的海報和文案。再看看那些片名，每一個都點出了「它在講什麼」，而且表達得很細膩，完全不會太露骨或太可笑。（嗯，《驚魂記》的英文片名《Psycho》可能有點囧，不過我們放他一馬吧，畢竟他是希區考克！）

言歸正傳，如果有人對你運用「高概念」頗有微詞，你笑笑就好。你要做的就只是用最清楚、最有創意的方式，把一個更好的「它在說什

麼」呈現給觀眾——不管他們是誰，也不管他們是不是圈內人——這樣做是絕不會退流行的。有人覺得，想出一個像《Legally Blonde》這麼好的片名是電影行銷人員的工作，不關電影創作者的事，我對這樣的看法很不以為然。下一章，我們才要真正開始教你怎麼從觀眾的角度看電影，而這才是我們應該多努力的方向。

總結

讀到這裡，你是不是覺得腦袋打結，頭愈來愈痛了？

這麼說吧，不管「它在講什麼」對你而言是新觀念還是老調重彈，這真的是編劇工作的第一步。電影編劇（特別是原創電影編劇）的工作，就是得考量業內每一個環節的人——從經紀人到製片，再到有權決定開拍哪部片的電影公司老闆。而所有的工作都從一個問題開始：它在講什麼？

除此之外，一部電影想要呈現什麼樣的人物與故事，也必須定調明確。它的調性、發展性、角色類型與所處的困境，都應該要淺顯易懂、引人入勝。

為了要創造一個精采的「它在講什麼」，原創電影編劇必須要能提出一個很棒的故事前提或一句話劇情概要，也就是用引人注目的一到兩

句話來點明整部電影在講什麼。它必須滿足以下四大要素：

1. **反諷：**它多少要能牽動情緒並達到諷刺效果，營造出一個戲劇化的情境，吊人胃口。

2. **激發觀眾想像：**它要讓你一聽到就能在腦海裡浮現畫面。要讓人想像得出整部電影的樣子，通常也會點出劇情發生的時間範圍。

3. **目標觀眾和製作成本：**它要能反映電影的調性、目標觀眾和製作成本，好讓電影公司估算是否能從中獲利。

4. **必殺片名：**好的故事前提還必須搭配一個好片名，用巧妙、精準的方式點出「它在講什麼」，這樣才能製造出「兩記重拳」的致勝效果。

把這些要素加在一起，就是我們所謂的「高概念」，當初這個名詞是用來形容那些可以輕鬆看（或容易懂）的電影。事實上，自從電影市場全球化以來，高概念變得比以往更重要了。在過去，美國國內票房占一部電影總利潤的百分之六十，現在已下降到百分之四十。這代表如今一部電影必須要能賣到全世界，讓各地觀眾都看得懂，畢竟你的市場有一半以上都不在美國了。所以，儘管「高概念」這個詞已不再時髦，整個好萊塢卻都努力在找高概念的電影來拍。在這種情況下，

你要做的是找到更快、更有效的方法來提出你的高概念構想。

最後，我們的終極目標都是為了要吸引觀眾。因此，若要測試你的構想好不好，一個有效辦法就是離開電腦、上街找路人做市調；對著任何願意聽你說話的人提案，並根據他們的反應來修改內容。說不定你會從某個一臉木然的陌生人那裡收集到很有用的資訊。

練習

1. 拿起報紙向朋友推薦本週的電影，這些片的故事前提和片名能否告訴你它在講什麼？一個語焉不詳的故事前提是否會讓你覺得電影本身也沒看頭？你可以怎麼改進這些故事前提和海報設計？

2. 如果你正在著手寫劇本，或是你已經完成了某部劇本，請寫下它的故事前提並講給陌生人聽。在向陌生人提案的過程中，你的故事前提會改變嗎？你是否會發現一些應該要加到劇本裡的元素？你的劇情是否需要配合故事前提來做調整？

3. 若你還沒有一個可以寫成劇本的構想，不妨試試下面六個遊戲，它能激起你的創意發想。

   ■ **遊戲 1：搞笑版的 _____（填入片名）**
   挑一部劇情片、驚悚片或恐怖片，把它改寫成喜劇。範例：搞笑版的《克麗絲汀魅力》(*Christine*)。原版劇情是一名少年夢寐以求的車子變成了他的夢魘，並且毀了他的生活，喜劇版則是少年的車子開始教他怎麼泡妞。

   ■ **遊戲 2：嚴肅版的 _____（填入片名）**
   同理，挑一部喜劇片，把它改寫成劇情片。範例：嚴肅版的《動物屋》(*Animal House*)。原本一所大學裡學生團體間互鬥

惡搞的劇情，現在變成了《軍官與魔鬼》（*A Few Good Men*）裡的
正反兩派大對決。

■ **遊戲 3：「水土不服」的聯邦調查局探員**

喜劇片和劇情片皆適用。列出五個聯邦探員絕不會去查案的
地方。範例：一名個性迷糊的探員被派去普羅旺斯餐飲學校
臥底。「不許動！否則我就用烤肉醬塗你！」

■ **遊戲 4：_____ 學校（營隊、課程）**

劇情片和喜劇片皆適用。列出五種特殊的學校、營隊或課
程。範例：少奶奶學校。被有錢老公送去學校的少奶奶們，
不久後開始展開抗爭。

■ **遊戲 5：針鋒相對**

劇情片和喜劇片皆適用。列出幾對因為某個迫在眉睫的問題
而立場相左的人物。範例：在居民對於鎮上新開的按摩店爭
論不休之際，小鎮上的妓女和牧師陷入了愛河。

■ **遊戲 6：我的 _____ 是連續殺人魔**

劇情片和喜劇片皆適用。舉出一個會被妄想症患者懷疑是殺
人犯的特殊人物、動物或物品。範例：我的老闆是連續殺人
魔。每當公司裡死了一個人，就有某個職員得到晉升，莫非
他的主管就是殺人犯？

2. 給我同一套，
但要不一樣！

編劇每天都要面對的難題，就是如何避免老梗。

你可以靠近老梗、圍繞老梗打轉、朝著老梗發展到很像，並且幾乎就是老梗。

但是最後一秒你必須避開。

你一定得來點不一樣的。

堅持加入一點新意並抗拒內心那個「噢，不會有人注意到（這老梗）」的聲音，是所有優秀的說故事者一直以來的挑戰。

某位重量級的片廠高層，就曾在一個企劃會議上對我脫口而出他的要求：「給我同一套，但要不一樣！」

這個人的腦袋有沒有毛病啊？

不過，我們編劇每天要做的，真的就是在不同的層面上——從創意發想、角色的說話方式，到每一場戲——都加入新花樣。因此，你若想知道要如何避免老梗，該怎麼突破傳統，那麼你必須先知道「傳統」是什麼。你至少要對幾百部電影瞭若指掌，尤其是那些和你劇本同類

型的電影。這麼做是絕對必要的。

這點功課似乎會嚇到一些想進電影這行的人,但我也被很多人嚇過,竟然有這麼多新手編劇說不出與他們手上劇本同類型的電影,更別提其他各種不同類型的電影了。

相信我,所有好萊塢大咖都對這些都熟得很。

你聽過史蒂芬・史匹柏或馬丁・史柯西斯(Martin Scorsese)聊電影嗎?他們能信手捻來引述上百部電影。我指的「引述」並不是一字不漏地背出某句台詞,而是解釋一部電影為什麼能達到它最後的效果。電影是構造複雜的情緒牽引機,就像瑞士鐘錶一樣需要精密的零件和齒輪才能運作;而你對裡頭的每個零件都必須爛熟到某種程度,即使在睡夢中也能將它們拆開再重組。只知道寥寥幾部你喜歡的電影是不夠的,只熟知近五年來的所有電影也還是不夠,你必須回頭研究各個電影類型的生成脈絡,瞭解某部片對後來的電影產生了什麼影響,技巧和手法又是如何精進。

而這帶出了電影「類型」。

你正邁向寫出成功劇本的第二步,那就是把你的電影構想歸類到某個類型。

但你心想，才不要！我的電影前所未見，它和過去的任何片子都不一樣，我不要被歸類！

抱歉，來不及了。

只要是你想得到的任何構想，都可以跟過去的某部片歸類在一起。相信我，你的電影會落在某個類型裡，而這個類型有你必須要知道的規則。想做到「給我同一套，但又不一樣」，就必須先知道自己的電影是屬於哪個類型，再創造出不落俗套的新花樣。只要能做到這一點，你的劇本就會更好賣。長久以來，這是好萊塢每一個人的做事方式，所以，大家都知道的東西，你也應該要知道。

它最像什麼？

現在你手上已經有了故事前提。

你已經照著我的建議，走出去對著十來個「受害者」做街頭市調；你得到了他們的回應，也依此做了修改。現在你手上的故事前提變得閃閃發光，你覺得自己似乎勝券在握。

可以動筆開始寫劇本了，對吧？

錯嘍！

你已經仔細想過了「它在講什麼」這個問題，但你必須回答第二個問題，那就是：「它最像什麼？」

讓我們回到第一章開頭的場景。你和你的朋友在週末晚上想看電影，你推薦了幾部新片，他們也從中挑出了兩、三部，不過在花錢買票之前，你的朋友還想多瞭解一點，好，這是部喜劇片，但是哪一類的喜劇啊？

這個問題正好能解釋為什麼在好萊塢會聽到這麼多爛透了的電影介紹。我承認我也曾為求省事這麼做過，但這是我很討厭的做法，也不推薦你這樣做。以下是大家會拿來當笑話講的電影簡介：「這是《X戰警》（*X-Men*）遇上《砲彈飛車》（*The Cannonball Run*）！」或者：「這是場景移到了保齡球館的《終極警探》。」結合了兩部或多部片的電影介紹尤其討人厭，你坐在那裡努力想像《希德姊妹幫》（*Heathers*）和《外科醫生》（*M*A*S*H*）要怎樣才搭得起來，但是，這到底是什麼片？嬌生慣養的青少女們去從軍？還是把醫療團隊空降到一所高中去救援互相射殺的學生？這什麼鬼！提案人可能只是隨便抓兩個賣座電影的名字組合在一起，然後期待裡面的某些元素有人會喜歡。

不過我承認……我也這麼做過。

你需要將電影歸類，因為身為一名編劇必須清楚知道自己正在著手的是哪一類型的電影。劇本寫到一半迷失方向的情況很多，最常見的原因就是編劇搞不清楚自己在寫哪種類型。當我在寫劇本時，或是當史蒂芬・史匹柏在寫劇本時，我們都會參考其他電影，並從同類型電影的情節設定和角色塑造裡尋找靈感。所以不妨這樣做，當你寫到一半卡住或正準備動筆時，好好研究幾部與你所寫類型相同的電影，從中汲取靈感，這樣有助於你瞭解為什麼某些情節設定很重要，它們為何奏效或失敗，還有，哪些地方你可以化老梗為神奇。

我把電影分成十大類型，可以當作是很好的起點，之後再教你要如何推陳出新。

我在幫電影分類時，希望訂出來的「類型」能讓我將每年的新片都歸類進去。我自認有史以來的所有電影都跳不出我獨創的十大類型。你當然可以自創新的電影分類法，或是以我的十大類為基礎再加入更多類型，但我希望你會覺得這樣做沒有必要。這十大類型完全不同於傳統的電影類型分法，例如愛情喜劇、史詩、自傳等等，因為傳統的分類沒辦法告訴我一部片在講什麼，而「故事在講什麼」才是我最想知道的。

這十大類型如下：

屋裡有怪物（Monster in the House）

《大白鯊》（*Jaws*）、《從地心竄出》（*Tremors*）、《異形》（*Alien*）、《大法師》（*The Exorcist*）、《致命的吸引力》（*Fatal Attraction*）和《戰慄空間》（*Panic Room*），是這類型中的幾個例子。

英雄的旅程（Golden Fleece）[8]

《星際大戰》（*Star Wars*）、《綠野仙蹤》（*The Wizard of Oz*）、《一路順瘋》（*Planes, Trains and Automobiles*）與《回到未來》（*Back to the Future*）是最佳範例，這類型也包括了大部分的竊盜奪寶電影。

阿拉丁神燈（Out of the Bottle）

包括《王牌大騙子》（*Liar Liar*）、《王牌天神》（*Bruce Almighty*）、《浪漫女人香》（*Love Potion No.9*）、《辣媽辣妹》（*Freaky Friday*）、《飛天法寶》（*Flubber*），以及由我擔任編劇的《小鬼富翁》（*Blank Check*），這部片由迪士尼出品，深受小朋友歡迎。

小人物遇上大麻煩（Dude with a Problem）

此類型涵蓋各種風格、調性與牽動情緒的元素，包括了《一九九七悍將奇兵》（*Breakdown*）、《終極警探》、《鐵達尼號》（*Titanic*）與《辛德勒的名單》（*Schindler's List*）。

成長儀式（Rites of Passage）

從《十全十美》（*10*）、《凡夫俗子》（*Ordinary People*）到《相見時難別亦難》

（*Days of Wine and Roses*）等任何與人生轉變有關的電影都屬此類型。

夥伴情（Buddy Love）

這類型不光只有那些刻畫警察夥伴情誼的片子，也包括像《阿呆與阿瓜》（*Dumb and Dumber*）和《雨人》（*Rain Man*）這樣的電影，所有的愛情片也都屬於這一類。

犯罪動機（Whydunit）

凶手是誰不重要，犯罪動機才是重點。這類電影包括了《唐人街》（*Chinatown*）、《大特寫》（*The China Syndrome*）、《誰殺了甘迺迪》（*JFK*）和《驚爆內幕》（*The Insider*）。

傻人有傻福（The Fool Triumphant）

這是最古老的故事類型之一，包括了《無為而治》（*Being There*）、《阿甘正傳》（*Forrest Gump*）、《冒牌總統》（*Dave*）、《大笨蛋》（*The Jerk*）、《阿瑪迪斯》（*Amadeus*），以及由卓別林（Charlie Chaplin）、基頓（Buster Keaton）和勞埃德（Harold Lloyd）等默片喜劇演員所主演的電影。

精神病院（Institutionalized）

就像字面上的意思，這是關於「群體」的故事，例如《動物屋》、《外科醫生》、《飛越杜鵑窩》（*One Flew Over the Cuckoo's Nest*），以及與家庭或家族有關的電影，像是《美國心玫瑰情》（*American Beauty*）和《教父》三部曲（*The Godfather Trilogy*）。

超級英雄（Superhero）

此類型涵蓋的並非只有超級英雄片，除了《超人》（Superman）、《蝙蝠俠》（Batman），也包括了《吸血鬼》（Dracula）、《科學怪人》（Frankenstein），甚至還有《神鬼戰士》（Gladiator）和《美麗境界》（A Beautiful Mind）。

你完全昏頭了是嗎？當我把《辛德勒的名單》和《終極警探》歸在同一類，你是不是覺得我瘋了？當我說愛情片只是經過偽裝的「夥伴情」類型片，你覺得難以置信嗎？沒關係，讓我們進一步撥開電影類型的面紗吧！

屋裡有怪物

《大白鯊》、《大法師》和《異形》有什麼共通點？它們都是我稱之為「屋裡有怪物」的類型電影。

此類型源遠流長，或許是從有人類以來最早出現的故事類型。它由「怪物」和「屋子」這兩個要素組成，當你把人放進那棟屋子裡，他們會極盡所能想殺了那頭怪物，這代表你有一個最原始的電影類型，而且每個人都看得懂。關於這類電影我最喜歡的說法是：「你去向原始人提案他們也能懂。」這麼說並無貶意，只是想點出人性的原始本能，畢竟每個人都能瞭解最簡單、最根本的生存法則——別被吃了啊！

正因如此，這類型的電影才包辦了那麼多全球賣座片和系列續集。就算在看電影的時候把聲音關掉，你應該也能看懂。《侏羅紀公園》（*Jurassic Park*）、《半夜鬼上床》（*A Nightmare on Elm Street*）、《十三號星期五》（*Friday the 13th*）、《驚聲尖叫》（*Scream*）系列，以及《從地心竄出》和其續集，再加上每一部鬼屋片和鬼片，都屬於這個類型。就算電影裡沒有超自然現象，譬如《致命的吸引力》（由葛倫・克蘿絲〔Glenn Close〕飾演「怪物」），也屬於此類。而從《小魔星》（*Arachnophobia*）、《史前巨鱷》（*Lake Placid*）和《水深火熱》（*Deep Blue Sea*）這幾部電影你也能清楚看出，如果搞不懂「屋裡有怪物」的類型規則，你的電影註定會失敗。

對我而言，這類型的規則很簡單，首先要有一棟「屋子」，它可以是各種侷限的空間，比方說一個濱海小鎮、一艘太空船、一座內有恐龍的未來主題樂園，或是一個家。接著，劇情會和罪惡扯上邊——通常是出於人性的貪婪（為了錢或為了性）——因此把某個超自然「怪物」引了出來，它宛如復仇天使般企圖殺掉心懷不軌的人，並放過那些有悔悟之心的人。至於電影的其他部分，就全是「逃」和「躲」了。

如果想要在「屋裡有怪物」的類型譜系裡占有一席之地，編劇要能在怪物的設計（包括它的神力）以及嚇唬觀眾的方式上加入新花樣。

我們可以從《小魔星》看到此類型的負面示範。這部片由傑夫・丹尼爾（Jeff Daniels）和約翰・古德曼（John Goodman）主演，外加一個不怎麼

樣的怪物──小蜘蛛，它既沒有超能力也不是很嚇人，一腳踩下去就死了。況且，那棟「屋子」也不存在，片中的居民可以隨時說聲「我不玩了」，然後搭上下一班巴士離開小鎮。

電影的張力在哪裡？

《小魔星》的製作團隊違反了「屋裡有怪物」的類型規則，所以整部片成了四不像。它到底是喜劇片還是劇情片？我們不是應該飽受驚嚇嗎？我當然可以用整本書的篇幅來討論這些規則，但你應該不需要我特別為你辦一個怪物影展，再幫你分析各片之間的細微差異吧。我會建議，如果你正在寫這類型的劇本，這樣的比較分析你要自己去做。

我想特別指明一點，和接下來談到的其他類型一樣，「屋裡有怪物」類型的故事還沒有被說完（再強調一次，還沒有），所以永遠都有新東西等著你發掘。要讓電影好看，你得變出新花樣，要能老調新彈，也就是「給我同一套，但要不一樣」！

所有認為「屋裡有怪物」類型已無法再另闢蹊徑的人，都該回過頭看看希臘神話中牛頭人身怪彌諾陶洛斯（Minotaur）的故事，它有很棒的怪物和屋子──半人半牛的怪獸和封閉的迷宮，凡是被選中當作祭品的人都會被丟進去送死。有位古希臘寫手讀了這個精采萬分的故事，他說：「一切都玩完了，這類故事再也沒什麼可說的，我寫不出更好的故事了！」但他萬萬想不到 N 年後，葛倫・克蘿絲會頂著顆燙壞

的泡麵頭在那裡煮著寵物兔！

英雄的旅程

冒險神話永遠都是人們圍繞在營火堆旁最愛講的故事之一。如果你的劇本在某種程度上可以被歸類為「公路電影」，那麼你一定要瞭解我所謂「英雄的旅程」這類型的規則。此類型都在說同一件事：英雄為了追尋某樣東西而踏上旅程，最後卻有了別的收穫——重新認識了自己。因此，《綠野仙蹤》、《星際大戰》、《回到未來》、《一路順瘋》和《哈拉上路》（Road Trip）本質上都是同樣的電影。

聽起來有點嚇人是嗎？

如同所有的故事都有轉折，「英雄的旅程」的轉折之處就是主角（或主角們）一路上遭逢的人事物。不同的事件看起來或許並不相關，但彼此間一定要有所關聯。事實上，每一部「英雄的旅程」電影，主題都是主角內在的成長改變，是這段旅程的經歷，讓主角領悟到自己的成長。換言之，這類型的重點不在於主角旅行了多遠，而在他如何有所轉變。要怎麼讓旅途中的人事物對主角造成影響、產生意義，那就是編劇你的工作了。

我的編劇好友薛爾頓・布爾就曾跟我討論過很多這類型的電影，我們

也正在合寫一部「英雄的旅程」的劇本。由於我們寫的是喜劇片，所以研究了《一路順瘋》，也討論了《雨人》、《哈拉上路》，甚至是《動物屋》裡的角色和他們的成長轉變。信不信由你，這麼做只是為了方便我們把自己的劇本掌握得更好。

我們想寫的故事是這樣的：一個念軍校的男孩，有天他莫名其妙被退學，回到家才發現父母已經一聲不響搬走了。基本上這是「漂泊版的《小鬼當家》(*Home Alone*)」，抱歉，我知道不該這樣介紹電影的！

在編劇過程中，讓我們不斷推敲的並非歷險的過程（雖然這部分非常有趣），而是該怎麼讓小小主角所經歷的每件事，都能對他造成某種影響。就很多方面來說，歷險本身是無關緊要的，因為再有趣的橋段都是要為英雄的旅程鋪路，是促使主角逐步成長的轉折點。

從《奧狄賽》(*Odyssey*)、《格列佛遊記》(*Gulliver's Travels*)，再到歷年來許多成功的公路電影，我們永遠要回到「英雄的旅程」的原理：讓故事成功的關鍵不在於事件本身，而是這些事件如何讓主角更加瞭解自己。

所有的竊盜奪寶電影也都屬於此類型。凡是某個人或某一群人在追尋一個目標、設法完成一項任務，或尋找深鎖在古堡裡的寶藏等，諸如此類的劇情都屬於「英雄的旅程」，並適用同樣的規則。通常到了最後，寶藏變得次要，個人的領悟才是重點；情節設計不管再怎麼迂

迴曲折，也不如歷險過程中產生的意義來得重要。像《瞞天過海》（Ocean's Eleven）、《決死突擊隊》（The Dirty Dozen）和《豪勇七蛟龍》（The Magnificent Seven）就是最好的例子。

阿拉丁神燈

「我真希望我有自己的錢！」這句話是主角普萊斯頓在《小鬼富翁》裡的台詞。這部電影由我和柯比‧卡爾合寫，最後賣給了迪士尼，而且很受小孩子的歡迎。在片中，普萊斯頓很快就得到了一大筆錢，正確來說是一百萬美金，他開心地拿去揮霍一番。

這類願望成真的故事很常見，因為它占據了人類心理很大一部分。「我希望我有_____」大概是自上帝造人以來最常聽到的祈禱詞吧。所有願望成真的故事只要說得好，都可以滿足我們的渴望和幻想，也難怪這類型電影會如此之多，而且大部分都賣得不錯。

賣座喜劇片《王牌天神》就是這類型的例子。事實上，萬能的金‧凱瑞（Jim Carrey）也主演了另一部「阿拉丁神燈」型的片子──《摩登大聖》（The Mask）。話說施展魔法的不一定要是天神，也可以是一個「東西」，像是一副面具或《萬能金龜車》（The Love Bug）裡的金龜車賀比，或是珊卓‧布拉克（Sandra Bullock）主演的《浪漫女人香》裡讓異性愛上你的香水祕方，又或者是羅賓‧威廉斯主演的《飛天法寶》中拯救

你的教育大業的綠色神奇橡膠。

這個類型的名稱「阿拉丁神燈」應該會讓你聯想到神燈裡的精靈，它被主人召喚出來實現心願。不過，這類型電影不一定要出現魔法。在《小鬼富翁》裡，普萊斯頓就不是靠魔法得到那一百萬美金，雖然當初這部分是一個很大膽的嘗試，我和柯比也是想破了頭才讓所有的情節看起來合情合理。但其實這些都不是最重要的，因為不論是超自然力量、好運，還是神燈精靈，功能都一樣。真正的關鍵在於我們對主角有好感，所以才希望他的願望成真，而願望實現之後，主角的人生也開始有所改變。

「阿拉丁神燈」電影還有另一種版本，就是把願望換成詛咒，變成是關於主角受到教訓的故事。譬如金·凱瑞的另一部電影《王牌大騙子》就是這類故事的最佳示範。（嗯，我們是不是看出了一個模式，某些明星總是特別適合某些「原型」角色？）這部片有著相同的設定和手法，一個小孩許下生日願望，希望他的騙子律師爸爸能永遠說真話，結果真的悲劇了！突然間，金·凱瑞一句謊話也吐不出來，而當時他正在為一個大案子出庭辯護，扯謊向來都是他在法庭攻防上最重要的武器。如果他還不想砸掉律師飯碗的話，就勢必要改變做法，並且要在這段過程中有所成長。最後他的改變讓他得到了他真正想要的東西——妻兒的尊敬。

另一個讓主角受到教訓的故事是《Freaky Friday》，無論是由茱蒂·

福斯特（Jodie Foster）於一九七六年主演的《怪誕星期五》，還是由琳賽·蘿涵（Lindsay Lohan）演出的重拍版本《辣媽辣妹》都是。這類型的電影還有很多，例如史提夫·馬丁（Steve Martin）主演的《衰鬼上錯身》（*All of Me*）和比爾·莫瑞（Bill Murray）主演的《今天暫時停止》（*Groundhog Day*）。

說了這麼多，「阿拉丁神燈」的類型規則如下：如果這是一個關於願望成真的故事，那麼主角一定會先飽受欺凌，他的處境會可憐到我們冀盼有某個人、某件東西的出現能帶給他一點快樂。但是，故事接下來的發展必須符合人性，因為就算主角原本再落魄，我們都不想看到他一直成功下去。所以，最後他必須明白魔法不是一切，最好還是當個（像觀眾一樣的）普通人就好，因為我們都知道這類奇蹟不會發生在現實生活中。為了讓主角心甘情願當回普通人，無論是基於什麼原因，都必須要事先鋪陳，好讓結局能浮現一個貼切的道德寓意[9]。

如果這是一個讓主角受到教訓的版本，那麼人物設定就要完全相反。因為主角需要受點教訓，所以他們身上要有一些特質，讓你覺得此人雖有缺陷但還有救。這類型要寫得好比較困難，而且一開始就要加入「救貓咪」的戲碼，讓觀眾覺得即使主角是個混蛋，卻仍然值得拯救。在故事中，主角從加諸在他身上的魔法（其實是詛咒）有所獲得，最終也贏得了勝利。

小人物遇上大麻煩

這個類型可以用一句話來定義:「一個平凡人發現自己陷入了非比尋常的狀況。」這是我們所能幻想發生在自己身上最原始也最常見的情境。我們都自認是平凡人,所以打從故事一開始,就能對這類主角的處境感同身受。故事在一個「再平凡不過的某一天」展開,緊接著發生了不可思議的事:

我太太工作的大樓被綁著馬尾的恐怖分子占領了。

——《終極警探》

納粹分子要求我交出在我底下工作的猶太人,並將他們運往集中營。

——《辛德勒的名單》

來自未來時空的機器人告訴我 (它講話還有奧地利腔),要殺了我和我未出世的孩子。

——《魔鬼終結者》(*The Terminator*)

我們乘坐的郵輪撞到冰山,開始往下沉了,卻沒有足夠的救生艇供所有人逃難。

——《鐵達尼號》

朋友們,這些就是我所謂的大麻煩,而且是天大的災難。

所以我們這些小人物要怎麼辦呢？

和「屋裡有怪物」一樣，此類型也由兩個非常簡單的要素構成：一個小人物，男女皆可，總之要像你我一樣平凡；再加上一個大麻煩，要能迫使這個小人物竭盡所能去克服它、戰勝它。從「小人物」和「大麻煩」出發，可以衍生出各式各樣的故事。愈是平凡的人，碰上的挑戰就愈大，譬如像寇特‧羅素（Kurt Russell）主演的《一九九七悍將奇兵》。

在這部電影裡，寇特沒有超能力，也沒有受過警察實務訓練，他沒有任何特殊技能，什麼都沒有。但是他和《終極警探》中的布魯斯‧威利（Bruce Willis）都面臨了同樣的難題──要救回深陷危機之中的妻子。

但你要記住一件事，不管我們的主角有沒有特殊技能，故事好不好看是取決於「大麻煩」和「小人物」之間的相對大小。另一個屢試不爽的經驗法則是，反派有多壞，主角看起來就有多英勇。所以，要讓你的反派愈壞愈好，而且永遠要這樣做，因為眼前的挑戰愈棘手，小人物面對的難題就愈大，而且不管反派是誰，我們的主角都會竭盡所能扭轉局勢，靠自己的力量智取比他強大的敵對勢力，贏得最終勝利。

成長儀式

還記得當年你正值尷尬的青春期，你暗戀的女孩竟不知道你的存在？還記得在你四十歲的生日派對上，丈夫向你走來說要離婚？這些人生歷程的苦澀可以引起共鳴，是因為我們或多或少都有類似的經歷。我們之所以能理解這些故事，是因為那些時光是人生中最敏感的時刻；成長過程的痛苦經歷成就了我們，也為我們帶來了精采、辛酸又好笑的故事。然而，不論它是劇情片還是喜劇片，所有「成長儀式」的故事都出自同一個類型，遵守著共同的規則。

如果我說「成長儀式」就是記錄人生轉變的故事，那等於什麼都沒說，因為所有的電影都和轉變有關。

所以讓我換個說法，「成長儀式」的故事都是關於痛苦和折磨，而且通常來自我們稱之為「人生」的外力。當然啦，一切都是關於我們所做的選擇，但真正衝擊我們的「怪物」通常是看不見的、模糊的，或是因為無以名狀而無從掌控的。《失去的週末》（*The Lost Weekend*）、《相見難時別亦難》、珊卓‧布拉克主演的《28 天》（*28 Days*），以及梅格‧萊恩（Meg Ryan）主演的《當男人愛上女人》（*When a Man Loves a Woman*）等片，都是跟藥癮和酒癮搏鬥有關的故事。同樣的，凡是描寫青春期、中年危機、步入老年、失戀，和失去摯愛的故事像是《凡夫俗子》，也都有共通點，那就是一個好的「成長儀式」故事，除了正在經歷一切的主角之外，每個人都知道「內情」，而唯一的解決之道就

是讓主角親身去體會。

大體來說，無論是用搞笑還是戲劇化的方式來處理，這個「怪物」會悄悄靠近深陷困境的主角，而劇情就是在講述主角慢慢地瞭解到它是誰、是什麼。說到底，這些都是關於「屈服」的故事，我們因為向更強大的力量妥協而得到勝利。結局總是我們接受了自己與生俱來的本性，故事的道德寓意則永遠千篇一律：這就是人生！[10]（嗯，《頑皮老爸》〔*That's Life!*〕又是一部布萊克‧愛德華茲〔Blake Edwards〕的片子，嗯，從《十全十美》到《相見時難別亦難》，他似乎頗喜歡且擅長這類型的電影）。

若你的電影構想不管怎麼看都該被歸在「成長儀式」，那麼上述這些電影就值得你好好研究。如同伊莉莎白‧庫伯勒羅斯（Elisabeth Kübler-Ross）在《論死亡與臨終》（*On Death and Dying*）一書中列出人類從拒絕到接受的各個階段，這類「成長儀式」的架構，是呈現出主角不得不接受自己無法掌控（或理解）的自然力量的過程，而當他終於豁然開朗、露出微笑，勝利就會隨之而來。

夥伴情

典型的夥伴情故事在我看來，是電影發明以後才真正興起的故事類型。儘管過去也有一些偉大的夥伴情故事，像是《唐吉軻德》（*Don*

Quixote），但是直到電影發展初期，它才成為一個盛行的故事形式。

關於「夥伴情」電影的誕生，我有一個理論：一開始一定有某位編劇，他或她發現自己筆下的英雄在戲裡沒有可以一搭一唱的對象，因為小說裡可以有大量的內心獨白和敘述，但電影就只是一個大銀幕啊。於是這位編劇突然想到，如果幫這個英雄創造一個夥伴，能夠和他論辯各種劇情裡的重要問題，那會如何？就這樣，經典的「夥伴情」電影誕生了，從勞萊與哈台 [11] 到《虎豹小霸王》（*Butch Cassidy and the Sundance Kid*）裡的卡西迪與日舞小子，再到《反斗智多星》（*Wayne's World*）系列，這種形式變成了電影常態。《48 小時》（*48 Hours*）裡兩個傢伙的對話，《末路狂花》（*Thelma & Louise*）裡兩個女人彼此交心，《海底總動員》（*Finding Nemo*）裡兩條魚一來一往討論，這些全都行得通，因為「我和我最好的朋友」的故事永遠可以引起共鳴。再來，這樣的故事非常反映人性，而且舉世皆然。就算你拿著劇本去向原始人提案，他（和他的夥伴）也會明白個中真義。

告訴你一個祕密，一部好看的「夥伴情」電影其實就是經過巧妙偽裝的愛情故事。反過來說，所有的愛情故事不過就是兩個主角可能會上床的「夥伴情」電影。《育嬰奇譚》（*Bring Up Baby*）、《不是冤家不聚頭》（*Pat and Mike*）、《小姑獨處》（*Women of the Year*）、《貼身情人》（*Two Weeks Notice*）和《絕配冤家》（*How to Lose a Guy in 10 Days*）等片就類型而言，統統都是精心改裝過的「勞萊與哈台」電影，只不過其中一個夥伴穿上裙子罷了。

但這些電影不管是劇情片、喜劇片、有性愛戲或沒有，全都適用同樣的規則。一開始，這對「搭檔」彼此厭惡（不然戲要怎麼演下去咧？），但是他們從共同經歷各種事情的過程中發現，兩個人其實互相需要。本質上，他們是使對方生命完整的另一半！而領悟這點會帶出更多的矛盾和衝突，畢竟誰受得了自己非需要對方不可呢？

其次，上述每部片在快要邁向結局的時候（我稱之為「一敗塗地」的段落，第四章會有更詳盡的討論）都會發生這樣的狀況：意見分歧、大吵、分手，然後如釋重負。但事實上，他們並不是真心想要如此。兩個人會分開只是因為他們不能接受「沒有彼此就無法過得那麼好」的事實，到最後他們必須要放下自我才能重新在一起，而劇終時他們也都真的這麼做了。

通常，就像在《雨人》裡看到的，搭檔的其中一人是主角（湯姆‧克魯斯〔Tom Cruise〕），將會做出大幅度的轉變，而另一人（達斯汀‧霍夫曼）則是這個轉變的催化劑，他在劇中只有些微的改變或完全沒有改變。我曾多次參加關於劇情動力的研討會，得到的結論都指向同一個問題：這是誰的故事？《致命武器》（Lethal Weapon）在某種程度上就是這樣。這是丹尼‧葛洛佛（Danny Glover）的故事，梅爾‧吉勃遜（Mel Gibson）只是轉變的催化劑；雖然電影到了最後，梅爾‧吉勃遜並沒有自殺，但是丹尼‧葛洛佛的轉變才是我們真正關心的。在這類的「『催化劑』夥伴情」電影裡，通常會有一個「人」（或生物）進到另一個人的生命中，影響他，然後離開他。這是此類型劇情動力的重要

元素，需要牢記在心。有很多「男孩和他的狗」的故事也都像這樣，
譬如《E.T. 外星人》（*E.T. the Extra-Terrestrial*）。

如果你正在寫一部「夥伴情」電影或是愛情故事，無論它是劇情片還
是喜劇片，你都必須瞭解「夥伴情」架構裡的劇情動力。去找幾十部
這類型的電影來看，你會很驚訝地發現它們竟然都這麼像。這算抄
襲嗎？珊卓‧布拉克是不是偷學凱薩琳‧赫本（Katharine Hepburn）？卡
萊‧葛倫（Cary Grant）的繼受著作權人該控告休‧葛蘭（Hugh Grant）侵
權嗎？當然不是。好故事會有相同的架構是有原因的，因為好的架構
可以打動人心。

犯罪動機

我們都知道人心險惡，這世界存在貪婪與謀殺案，而某個尚未被揭發
的犯罪者必須為這一切付出代價。不過，探究犯罪動機永遠比揭露凶
手還要更有趣。和「英雄的旅程」不同，一部好看的「犯罪動機」片
並非把重點放在主角的成長改變，而是讓觀眾驚覺人性的某些其他面
向——在罪行發生前他們完全料想不到的那一面。《大國民》（*Citizen
Kane*）就是這類型的經典，它是一個探究人心最深處的故事，不但挖
掘出最意想不到、黑暗又醜陋的人性，還回答了「為什麼」會如此。
《唐人街》也許是有史以來最棒的「犯罪動機」片，也是最精采的
編劇教科書範例。它是那種你百看不厭的電影，而且每看一次就把

你帶進更深一層的面向。《唐人街》成為經典的原因，也是所有經典的「犯罪動機」片成功的原因。從《大特寫》、《大陰謀》（*All the President's Men*）、《是誰殺了甘迺迪》到《神祕河流》（*Mystic River*），無論是懸疑解謎或社會寫實，它們都呈現了人性的黑暗面，帶領我們進入陰暗不見光的角落。

這類型的規則很簡單，身為觀眾的我們才是真正的偵探。即使有人在大銀幕上替我們展開搜查，我們還是必須要親自過濾所有的情報和資訊，也將會對自己的發現感到震驚。

如果你的電影是關於揭發內幕、挖掘真相，那不妨多看一些拍得好的「犯罪動機」片，仔細觀察劇中偵探如何成為我們的代理人，也想想那些黑暗面的挖掘過程為何也是我們的自我剖析。而這正是厲害的「犯罪動機」片所做的──把一面鏡子轉向觀眾並問道：「你們也是如此邪惡嗎？」

傻人有傻福

「傻人」向來是神話與傳奇中相當重要的角色，表面上看起來，他是街坊鄰居口中的呆子，深入觀察之後，才發現他其實是我們當中最有智慧的人。這樣的處境讓傻人可以隱藏在人群之中，毫不起眼，因為大家都看扁他的能力，以致於最後當他大展身手的時候，會讓所有人

都跌破眼鏡。

傻人的形象可以追溯到喜劇泰斗卓別林、基頓和勞埃德。矮小的人、不起眼的人、傻裡傻氣的人，憑著勇氣、運氣和知其不可而為之的衝勁，贏得最終勝利。《冒牌總統》、《無為而治》、《阿瑪迪斯》、《阿甘正傳》，以及許多史提夫‧馬丁、比爾‧莫瑞和班‧史提勒（Ben Stiller）主演的電影，都是「傻人有傻福」的例子，它們呈現出這個類型的脈絡與演變，也解釋了此類型在電影史上永遠占有一席之地的原因。

「傻人有傻福」的操作原則是，讓一個被人看不起的傻子，對上一個強大、通常是「當權者」的壞蛋。看一個我們所謂的「笨蛋」去挑戰社會上有權有勢的「人生勝利組」，能讓我們感覺到希望，同時也嘲弄了我們平時嚴肅看待的階級和秩序。因此，在電影裡沒有任何當權體制是神聖不可侵犯的，從《冒牌總統》裡的白宮，到《大笨蛋》裡的商業霸權，再到《阿甘正傳》裡的美國精神，都是如此。

這類型的要素很簡單：首先要有一個失敗者，他看起來無能也無力生活，因此身邊所有的人都認為他沒什麼成功的機會（這一點需要透過故事設定一再強調）；再來要有一個體制，成為這個失敗者攻擊的目標。

這類故事通常還會有個主要配角，他是傻人的同夥，總是對各種狀況

瞭若指掌，但不相信傻人能從他的「偉大計畫」裡順利脫身。這種角色就像是《阿瑪迪斯》裡的薩里耶利、《無為而治》裡的醫生和《阿甘正傳》裡的中尉。這樣的角色通常是鬧劇情節裡出洋相的人、因為傻人引發一連串複雜的事件而崩潰的人，是最終會被「打臉」的人，就像是《粉紅豹》（*The Pink Panther*）裡的總督察（由赫伯特‧洛姆〔Herbert Lom〕飾演）。這種人犯的最大錯誤，就是真把傻人當白痴，而且笨到要去阻撓他 [12]。

無論是在喜劇片《查利》（*Charly*）還是劇情片《睡人》（*Awakenings*），這些各色各樣的傻人能讓我們一窺被群體排斥的「局外人」的人生。在現實生活裡，我們有時難免也會有「局外人」的感覺，因此「傻人有傻福」的故事可以為我們出一口氣，讓我們享受由劇中傻人的勝利所帶來的快感。

精神病院

如果我們在團體中不合群，將會發生怎樣的故事？當我們為了一個共同的理由而聚集成一個群體，我們會需要某些人犧牲自己的個人目標來達到群體的目標，因而嘗到各種酸甜苦辣的滋味。因此，「精神病院」講的是關於群體、體制和家族的故事。這些故事的特別之處在於它們都是以體制為榮，但也暴露出個人在群體中喪失自我的問題。

《飛越杜鵑窩》講的是一群精神病患，《美國心玫瑰情》說的是現代郊區的中產階級，《外科醫生》是關於美軍，《教父》則是關於生根美國的義大利黑手黨家族。這裡的每個故事都有一個特殊分子，站出來揭露所謂的群體目標不過是個騙局。傑克・尼克遜、凱文・史貝西（Kevin Spacey）、唐納・蘇德蘭（Donald Sutherland）和艾爾・帕西諾，各自在他們的電影裡擔任這樣的角色。

我稱這個類型為「精神病院」，因為這類故事的群體動力往往是瘋狂的，甚至有自我毀滅的傾向。《外科醫生》的主題曲〈自殺是沒有痛苦的〉，說的不是戰爭的瘋狂而是群眾心理的瘋狂。當我們穿上制服，不論是軍服還是舒適的名牌高爾夫球衫，在某種程度上我們都放棄了自我。這類電影在探討「置群體於個人之上」的利弊得失，所以本身也是一種很原始的故事類型。有時候，向群體效忠是明顯違反常識、或甚至是危害個人生存的做法，但我們還是會服從照做，而且總是這麼做。不論是在真實生活中還是在電影裡，我們都喜歡看其他人挺身而出對抗體制，這是為什麼此類型會如此受歡迎。

「精神病院」類型的電影通常會透過某個群體新成員的觀點來講故事。這個角色代表了觀眾的眼睛———一個什麼都不知道的新人，被一個較有經驗的人帶進了某個群體，《朝九晚五》（9 to 5）裡的珍・芳達（Jane Fonda）和《動物屋》裡的湯姆・哈斯（Tom Hulce）都是這樣的人物。對一般觀眾來說，當他們不熟悉故事裡的環境、行話或規矩時，這樣的角色可以幫電影創作者來向觀眾做背景介紹，因為他們真的可

以開口到處問「這是怎麼一回事」，並任由你解讀每件事對劇中人物的重要性，藉此呈現出一個很「瘋狂」的世界。

此類型的故事最終都會指向同一個問題：誰最瘋狂？是我，還是他們？如果你想瞭解「為群體犧牲個人」這件事本身有多麼瘋狂，看看艾爾‧帕西諾在《教父2》（The Godfather: Part II）最後一幕的表情就知道了，他為了家族而斷送前程，那張臉和《飛越杜鵑窩》裡傑克‧尼克遜在手術後的空洞表情有異曲同工之妙，也和凱文‧史貝西在《美國心玫瑰情》結局裡僵直木然的表情一樣令人觸目驚心。為什麼？因為它們都是同一類的電影，在講同一件事，只是用迥然不同的方式表現罷了。

這些電影之所以行得通，是因為它們都遵守類型規則，給了我們同樣的東西，但又不太一樣！

超級英雄

「超級英雄」這個類型與「小人物遇上大麻煩」完全相反，它的定義是：一個有超能力的人發現自己身處在平凡人的世界；那種感覺有點像是格列佛發現自己被綁在小人國的沙灘上。每一個超級英雄的故事，都是讓我們去感受並同情強者人性的一面，體會他生活在我們這些泛泛之輩當中的感覺。無怪乎有那麼多怪咖和青少年特別喜歡看漫

畫，他們可以很輕易地把自己投射到故事裡，因為他們知道不被人理解是什麼感受。

不過你要注意，超級英雄並非全是那些身穿披風和緊身衣的傢伙，也不只限於漫威（Marvel）和 DC 漫畫（DC Comics）裡的漫畫人物。《神鬼戰士》和《美麗境界》就是很好的例子，這兩部片的主角都是活生生的正常人，卻也是我所定義的超級英雄，他們都被這個平庸的世界挑戰、質疑或誤解。（很有趣的是，兩部片也都是由羅素‧克洛〔Russell Crowe〕主演，再次證明某些演員特別適合某種原型角色。）在這類型電影中，圍繞在英雄身邊的「平凡人」才是真正的問題所在，他們自己難道不知道嗎？是的，他們真的不知道。這就是為什麼「與眾不同」會讓人如此痛苦的原因了。《科學怪人》、《吸血鬼》與《X 戰警》在這一點上是相同的。

歸根究柢，超級英雄故事講的是「與眾不同」，這是連我們這些平凡人都能理解的感受。在一個不屬於他的世界裡，超級英雄必須應付那些嫉妒他有獨特觀點和過人心智的凡人。我們也常會有這種感覺，不是嗎？如果你曾在學校家長會上被砲轟，或是在會議中發表大膽創新的想法而被噓，那麼你一定能瞭解科學怪人被一群愚蠢憤怒的暴民拿著耙子和火炬追趕的心情了。

問題是，該怎麼讓觀眾去同情家財萬貫的布魯斯‧韋恩和絕世天才羅素‧克洛？答案很簡單，這些超級英雄不只要有令人稱羨的優勢和條

件，也要有隨之而來的痛苦和煩惱。要當布魯斯・韋恩可不簡單，這可憐的傢伙常備受煎熬啊！其實他大可以去看心理醫生就好（如果他有錢打造一條蝙蝠俠腰帶，那麼付心理醫生每小時一百五十塊美金的諮商費根本是九牛一毛），但是他卻放棄舒適安逸的日子，為守護高譚市而出生入死，讓人敬佩。

這也解釋了為什麼許多超級英雄電影的第一集很賣座，續集卻欲振乏力，像《機器戰警2》（RoboCop 2）就是這樣。原因很簡單，每個系列的第一集通常會特別強調超級英雄所處的困境，激起觀眾的同情。但知名度一旦建立起來了，電影創作者就常會忘記在續集裡再次強調超級英雄人性的那一面，沒有再去加深觀眾對他的同情。少了觀眾對英雄的同情與認同，電影的魅力和票房也就跟著流失了。《蜘蛛人2》（Spider-Man 2）是個例外，它沒有犯這個錯，因此票房大賣就一點也不令人意外。

坦白說，我們不可能真正瞭解超級英雄，我們的認同是出於同情，同情他遭到誤解或是不被理解的痛苦。如果你正在寫一部「超級英雄」片，這個類型已經有一堆各式各樣的電影可以讓你剖析。這是一個歷久不衰的故事類型，因為它讓我們對自己的潛能做出最無邊無際的狂野幻想，卻也在鍛造幻想時加入了寫實和人性的元素。

好萊塢不能說的祕密

我相信當你看完這一長串的類型討論之後,不只瞭解為什麼有這麼多電影在架構上如此相似,你還會發現,原來有這麼多明目張膽的「抄襲」啊!

你要這麼想也沒有錯啦!

看看派屈克・史威茲(Patrick Swayze)主演的《驚爆點》(*Point Break*),再看看《玩命關頭》(*Fast & Furious*),兩者的劇情轉折幾乎一模一樣,只不過前者的主題是衝浪,後者是飆車。這算抄襲嗎?再拿《駭客任務》(*The Matrix*)跟迪士尼與皮克斯共同出品的《怪獸電力公司》(*Monsters, Inc.*)比一比,是的,架構如出一轍。像這樣的例子多得不得了,《威探闖通關》(*Who Framed Roger Rabbit*)就是《唐人街》,《小鬼富翁》和《小鬼當家》也有相似之處。有些地方的「抄襲」是有意為之,其他的就只是巧合而已。通常會發生這種情況,是因為某些故事的原型特別引人入勝,所以被反覆使用。上述的每一部片都展現了很棒的說故事技巧,有幾部甚至超級賣座。你覺得會有人抱怨《玩命關頭》偷了《驚爆點》的故事架構嗎?除了你和我,還有誰會發現這件事?不太可能吧。

說了這麼多,我只想要你明白一件事:電影好看最重要,而一部電影之所以好看,是因為說故事的原理原則在任何時空、任何情況下都能

奏效。你的工作就是去理解它們為何奏效，以及要如何把各種劇情要素組合得恰到好處，把故事說到最好。

我並不是真的要你去偷別人的故事，千萬別這麼做。當你的劇情看起來是老梗，就要設法創新；當它看起來很眼熟（很可能也確實如此），就得換個方式說。但是無論如何，最起碼你會瞭解自己為何忍不住想用這些老梗或熟悉的劇情。有一天，當你覺得不再被這些規則給限制住，你會驚訝地發現創作竟然可以如此自由。你必須要知道傳統和規範是什麼，才有可能去談真正的原創。

總結

這一章的主題是幫電影分類，我捨棄了傳統的類型分法（像是浪漫喜劇或竊盜奪寶片），自創了十大類型來定義不同的故事。想搞懂你正在構思的劇本有怎樣的故事本質，現階段你只要搞懂這十大類型就夠了，不必費心去找例外。

等等，我話說得太早了嗎？

你是電影編劇，就像我在第一章裡提到的，所有的好編劇都很固執，所以當你聽到我以多年經驗加苦工所歸納出來的東西，可能立刻會反問：真的沒有例外？《早餐俱樂部》（*The Breakfast Club*）究竟是「成長儀

式」還是「精神病院」？答案是「精神病院」。好吧，那麼《雨人》是「英雄的旅程」還是「夥伴情」？答案是「夥伴情」。好，那班・史提勒的《名模大間諜》（*Zoolander*）呢？答案是它是一部爛片，事實上它是我最愛的一部爛片，也是「超級英雄」的絕佳例子。

如果你執著於尋找規則的例外，恐怕就畫錯重點了。本章的重點是把「電影分類」當成你說故事的工具。你必須對各種電影瞭若指掌，但又不可能看過所有的電影，所以類型是幫助你開始的方法。拿起你手上的劇本，看看它最像哪一個類型，也許某些地方看起來有各種類型的影子，又或者剛開始的時候它是某種類型，發展到後來卻變成了另外一種，這也沒有關係。（我的意思是，到頭來你的劇本可能沒人買，不過我們都得吃點苦頭、歷經一番磨練不是嗎？因為我們是編劇，吃苦就是吃補啊！）

這裡的重點是，你對自己想寫的類型，一定要精通它的語言、節奏和目標。如果你知道自己在寫的是哪種類型，就要好好研究它的規則，找出它的基本要素，只要你這麼做，就會寫出更好看、更令人滿意的電影。

當然，你的劇本也會變得更好賣！

做這樣的電影分類還有一個妙用，就是可以啟發靈感，至少對我來說是如此。看看這些不同的類型，再看看它們的發展脈絡（通常可以追溯到非常古老、耳熟能詳的故事），讓我明白「給我同一套，但要不

一樣」早就不是什麼新鮮事了。《大白鯊》只不過是換個方式講希臘神話裡牛頭人身怪的故事；《超人》是現代版海克力士（Hercules）的故事；《哈拉上路》則是喬叟（Geoffrey Chaucer）名作《坎特伯里故事集》（*The Canterbury Tales*）的重新詮釋。如果你不去瞭解你正在寫的故事源自何處（不管是過去百年來的電影或是千年來人類說過的故事），就等於是不尊重編劇工作的專業和傳統。

「給我同一套，但要不一樣」談的就是「說故事」這件事。我們要做的，就是幫老故事推陳出新並賦予時代意義。這是我們必須精通並且應用在創作上的技巧。在下一章，我們將探討如何在這個基礎上，帶出一部電影裡最重要的東西：主角。

練習

1. 拿起報紙翻開電影版，看看現在的院線片都是哪種類型。如果你看過其中任何一部，請把它拿去和同類型的其他電影相互比較對照。你喜歡的電影，是否都屬於某些共同的類型？

2. 翻翻雜誌裡的電影簡介或故事前提，挑一些你看過的電影，用本章的分類方式寫下它們所屬的類型。這些電影好看嗎？每一部都可以被歸類嗎？

3. 判斷一下你正在進行中的電影構想或劇本是屬於哪一個類型？列出此類型你所知道的電影，把它們找來看，看完後記下它們之間的共同點和不同點。現在你能更清楚解釋你的電影構想或已完成的劇本是屬於哪一個類型嗎？

4. 最後這題是專門出給那些喜歡找例外的人。想一個新類型並為它命名，再找出三部屬於這個類型的電影。你能找到五部嗎？如果有，那麼你很有可能發掘了一個全新的類型！

3. 這是誰的故事？

想要進一步瞭解你的劇本在講什麼，接下來你需要弄清楚這是「誰」的故事。就像我那聰明的老爸以前常說：「跟我說說那傢伙的故事，他……。」所以，每當有人興致勃勃地向我推銷他的電影構想時，我總希望能聽到類似這樣的介紹：「這是關於 XXX 的故事，他……。」

為什麼呢？

因為主角才是帶領我們進入故事的人。身為觀眾的我們，不論是在看史詩電影還是洗衣精廣告，都會全神貫注把自己投射在主角身上。主角可以成為我們代入的對象，雖然這個對象不一定要是人，也可以是「它」。為什麼有些廣告片中的吉祥物、代言人，可以吸引我們注意到廣告商品的故事？這是因為，如果有個人在那裡替我們體驗一個產品，會讓我們更容易感同身受。不論我們看的是《阿拉伯的勞倫斯》裡主角試圖找出攻下亞喀巴的方法，還是止痛藥廣告中一個忙到翻的家庭主婦不知道自己的頭痛何時會減輕，總之，使我們投入到故事裡的原則都是相同的。

身為一個有創意的編劇，我們的任務很獨特，那就是創造一個主角來誘惑觀眾走進我們的世界。我們必須要幫觀眾創造一個替身，這個替身不僅要能引起目標觀眾群的共鳴，還要能滿足劇情的需求和目標。

想完成這個任務，就要從寫出好的故事前提開始，它除了要讓人對故事感到好奇，還要爭取觀眾對主角的認同。因此，一個好的故事前提必定包含了對主角的形容：一位不敢冒險的男老師、一名有廣場恐懼症的速記員，或是一個膽小怕事的銀行職員。對於反派的描寫也是基於同樣的道理：一個有過度保護欲的警察、狂妄囂張的恐怖分子，或是殺人成癮的麵包師傅等等。

因此，除了第一章提到的四大要素，一個引人注目的故事前提還需要再加上幾個條件才會更完美：

- 用一個形容詞來描述主角。
- 用一個形容詞來描述反派。
- 賦予主角一個所有人都能認同、並且難以抗拒的目標。

在簡單刻畫主角和反派之後，劇中人物的輪廓會變得更清晰，觀眾因而能理解、產生興趣，並願意上戲院看電影，跟隨主角一起完成他的旅程。但我們要如何達到這樣的效果？我們該怎麼幫一個好故事創造出「對的」角色，讓劇本順利賣出去？

故事在講誰？

每部電影都至少要有一個主角。即使是群戲電影，像約翰・屈伏塔

（John Travolta）主演的《黑色追緝令》（*Pulp Fiction*）和伍迪・艾倫（Woody Allen）自導自演的《愛與罪》（*Crimes and Misdemeanors*），都是如此。一部電影一定得是關於某個人的故事，必須要有一到兩個主要角色，讓我們可以關注、認同和支持，並且引導我們進入故事主題。

儘管創造一個肩負這麼多任務的主角，或讓他在群戲裡突顯出來，是十分重要的事，但我們在編劇的時候，往往不是先從主角開始構思。我得承認，我真的很少在動筆前就知道我的主角是誰。通常我會先有一個故事構想，若碰巧主角的設定就是構想的一部分，嗯，就真的是運氣來著。你會聽到很多不一樣的說法，但這裡講的是我的方式，我認為角色必須要配合故事而創造，而不是讓故事去配合角色。如果你已經有一個好構想和吸引人的電影包裝，覺得自己的故事前提已經無懈可擊，卻還不知道這是關於誰的故事，那麼你就應該創造一些合適的人物——特別是主角——來更強化你的故事構想。

這麼做，全是為了讓你把「它在講什麼」說得更動聽一點。

很多時候，你的故事前提已經隱含了主角是誰、該由哪一類型的人物來推動劇情。在我賣出的劇本當中，初步構想往往已經勾勒出大致的藍圖，我需要做的就只是將它逐步釐清而已。例如我和柯比・卡爾合寫、之後賣給迪士尼的喜劇《撲克之夜》（*Poker Night*），提案的重點就在於角色的設定：

一個怕老婆的丈夫終於有個週末可以獨自一人在家，卻因為在賭撲克牌時遇到老千，輸掉了整棟房子。

這是《保送入學》（*Risky Business*）的老爸版本，不用我多說吧！為了執行這個概念，我們需要讓主角和反派勢均力敵，再把故事塑造成是「老爸」從膽小怕事到勇於面對的歷程。

另一部由我們發想、最後賣給環球影業的喜劇片《回到三年級》（*Third Grade*），也有一個非常簡單的故事前提。這是一個成人男子回到小學三年級的故事，他在小學母校的門口開車超速被抓，法官判他重回三年級去學點規矩。很簡單的概念對吧？但是誰最適合被放到這個情境呢？哪一種人受到這樣的懲罰可以產生最好的反差「笑」果？怎樣的主角才會有最曲折的心路歷程、受到最大的教訓？有想到好的人選嗎？在我們發展劇本的過程中，這個角色變得愈來愈清晰，因為最需要受到教訓的人，一定是個還不夠成熟的人；表面上他事業有成（工作是為小孩子設計暴力電玩遊戲，這夠反諷吧），也將要升職，卻連最基本的公民道德都沒有。

這是個需要回到小學三年級去受點教訓的傢伙，只是一開始他還沒有自覺，也唯有這樣的歷程才能給他應得的教訓。這是一個可愛又討喜的構想，我們連海報設計都想好了：一個穿著亞曼尼西裝的男人，把手機塞進小小的課桌抽屜裡，旁邊圍著一群皮得不像話的八歲小孩，也許他的背後還黏著一張紙條，上面寫著「踢我」……這樣明白嗎？

嗯，你當然懂。我的重點是，光是把一個成年人送回小學三年級是沒有任何意義的，我們必須為這個概念創造出一個最合適的主角。

用角色特性加強你的故事前提

很多時候，電影的初步構想並沒有太多關於角色塑造的線索。構想要能奏效，你必須在角色上多下功夫，安排主角遭遇最棘手的衝突、經歷最曲折漫長的旅程，同時給他一個出自人性原始渴望的目標，這麼做可以強化你的構想，讓它產生最大的衝擊力道。為了清楚說明這一點，我們就以第一章出現的故事前提為例，將裡面的主角換成其他人，看看會有什麼效果。

在《真愛囧冤家》的故事前提中，我只知道主角是一對年輕夫妻，兩人都來自父母離婚又各自再婚的家庭，在聖誕節那天必須一口氣回到四個不同的家過節。我猜，這對男女想要永遠在一起，卻在一開始就遇到了麻煩。他們才從原生家庭與父母離異的陰影中走出來，當然不想離婚。不過，並非每件事都能盡如人意，畢竟他們是新婚夫妻，聖誕節會是他們接受考驗的日子。他們會走上父母的離婚老路嗎？或者他們願意彼此磨合，找出相處之道，長相廝守永不離婚？說了這麼多，其實我也沒看過劇本，不知道編劇是怎麼寫的，但這會是我著手的方向。

由於這對來自破碎家庭的男女主角渴望擁有天長地久的愛情，而這樣的渴望是如此深層、如此根本，我們便會對他們產生認同。我會想看這部電影，是因為我想看到這些角色克服困難，有個圓滿的結局。這個看似簡單的前提也因此被賦予了實質的意義。我們不只幫故事找到了最合適的角色類型，也提供他們一個合理、完整的心路歷程。現在，故事和角色完美結合了，而你原以為不過是電影海報看起來滿有趣的罷了！

以《一路前行》的故事前提來說，裡頭的形容詞打動了我，也激起我腦海中的想像畫面。一位「不敢冒險」的男老師要跟一名有「過度保護欲」的警察，也就是他未來的大舅子，一起上街巡邏。這些形容詞明確點出了故事方向，而這位老師所面臨的嚴苛試煉是：他能否有足夠的勇氣，在警察看來極為尋常的「真實」世界裡克服恐懼、通過考驗，贏得未婚妻的芳心？只要他真的愛她，他就辦得到。

現在，讓我們把《一路前行》的構想套在不同個性的角色身上看看。如果我們改變基本前提，讓男主角不再是老師，而是前美國陸軍特種部隊隊員呢？這個嘛，那麼我們就有一部截然不同的電影了。接著再把對比效果加進來，男主角的大舅子變成是膽小的警察，而我們的男主角會根據以前參加波灣戰爭的經驗教他一兩招。在現在這個版本裡，街頭巡邏的點子應該會由我們的前特種部隊隊員提出來。才兩下子，它就變成是一部非常不一樣的電影，劇情也會朝完全不同的方向發展。我舉這個例子只是想讓你知道，你的好構想有可能會被錯誤的

角色設定給毀了。對我來說，《一路前行》的原劇設定最具張力，效果也最好。

在《度假村》的故事前提裡，形容詞再次發揮作用，證明編劇的選擇是對的。他們的角色設定如下：一個很菜又涉世未深的年輕職員，初次體驗公司安排的週末自強活動，卻意外發現有人要殺他。這挺有趣的，但是讓我們改一下角色設定，看看在同樣的前提之下還能有什麼變化？

如果來參加自強活動的職員已經六十五歲，在公司待了二十幾年，而且就快要退休了呢？好，現在故事變成是公司想要在這位老兄開始拿退休金之前先「裁員」了。有些概念基本上不變：一次公司旅遊、一連串的謀殺未遂事件，再加上一個不知道自己為何被凶手鎖定而疑神疑鬼的人。但是設定不同，主角所歷經的過程就會大不相同，道德寓意也會跟著改變，就連觀眾也會變得不再捧場了。在最好的情況下，它會是一部由傑克・李蒙（Jack Lemmon）主演的獨立電影，但是傑克他……嗯，已經魂歸西天了。

這裡的重點是，為了讓你的構想生動鮮活，你要去找出能讓故事發揮到最大效果的主角類型，並加強故事前提對主角的描述。說白一點，祕訣就是要讓你的主角（們）能做到：

■　在設定的情境裡，產生最具張力的衝突。

■ 擁有最曲折漫長的心路歷程。
■ 深深吸引會上戲院看電影的觀眾族群。

就最後一點來說，年過四十歲的我特別有體會，因此在構思筆下主角時，我一定會再三留意。在我心中，人人都是四十歲，而我心目中的英雄角色，那些特別吸引我的人物，現在全是些「存在主義式的英雄」，有一點厭世，卻非常勇敢睿智。呃，對啦！老實說，會買票進場的觀眾其實都是些……自行人間蒸發的傢伙。（不過，這種電影如果真的拍成了，連法國人都會說我是天才！）

每當我發現自己開始胡思亂想各種可以由提姆‧艾倫（Tim Allen）、史提夫‧馬丁或查維‧切斯（Chevy Chase）主演的電影時，我都會懸崖勒馬，提醒自己是身在年輕明星當道的好萊塢世界。我偏好的這些老演員，他們能演群戲，能在男女通吃、老少咸宜的電影中擔任稱職的配角。這很棒，但是擔綱主角？不可能，或者說，這樣的情況少之又少。每當我把自己重新拉回現實，但又不想在情節上大做更動，解決辦法就是把主角重新設定成「有著存在主義式困境」的青少年，或者把一對面臨婚姻危機的夫妻設定成二十來歲。為什麼？因為花錢買票看電影的人主要是集中在這個年齡層，而這樣的角色設定才是這些觀眾想在大銀幕上看到的。

所以，何必反其道而行呢？

角色的年齡設定是我的盲點，而你也會有自己的盲點，不過你要記住好萊塢編劇的職責所在：針對大眾市場，寫出讓全世界都看得懂的高概念電影。

千萬別因為你和朋友偏愛某些題材、或想要追逐流行、或是喜歡某個類型的人，就覺得別人也會喜歡。我曾遇過某位編劇跟我說，他在寫一部「為拉丁天王胡立歐量身打造」的電影，我發誓他真的這麼說！有人會想來參加首映會嗎？我很懷疑。這是為什麼我一再強調要走上街頭為你的電影構想做市調，看看一般人的反應是什麼。

談到盲點，我就想到我父親以前常講的一段軼事。他年輕的時候在廣告部門工作，有一次要說服客戶買下週日的電視廣告時段，結果馬上被這個有錢的客戶打槍：「星期天沒人會待在家裡看電視。」他又解釋：「大家都出去打馬球了！」這個活生生的例子簡直給我們上了一課：一定要從觀眾的角度出發。

來自人性最原始的渴望 [13]

這本書從頭到尾都在強調一件事，讓我再說一次：

原始！原始！原始！

一旦你有了一個主角，驅使他邁向成功的動力，一定要是人性最基本的動機。你的主角想要什麼？如果是渴望升職，那他最好是為了贏得美人的芳心，或是必須存夠錢讓女兒動手術；如果是跟敵人對抗，最好是一番生死對決，而不只是像小學生互丟紙團一樣無關痛癢。

為什麼？

因為來自人性最原始的驅動力，可以吸引我們的注意力。舉凡求生、填飽肚子、性、保護所愛的人、面對死亡的恐懼等等，都能抓住我們的目光。

最棒的故事構想和最棒的主角們都一定要有最基本的需求、渴求或欲望。基本！最基本的！

你不信？

讓我們做個實驗，拿出先前提過的故事前提，把角色最根本的動力抽掉，看看我們是否會興致大減。

如果《真愛囧冤家》的主角不是夫妻呢？如果他們只是從小一起長大的好朋友，每年都和彼此的家人一起過聖誕節呢？在同樣的前提下，把親密關係拿掉，還剩下什麼？婚姻關係原本是個賭注，白頭到老或永遠失去對方，但現在沒了賭注，男女主角無須面臨任何風險。這個

故事依舊搞笑，也繼續延用同樣的概念，但是我想支持他們解決衝突的動力現在沒了。換下一個！

讓我們把《一路前行》中警察的妹妹（老師的未婚妻）拿掉，再假設那個傻呼呼的男老師只是單純跟著警察一起上街巡邏，而且是任何一位警察都好，看看會怎麼樣？嗯，到目前為止我還是可以打出一張關乎人性原始本能的好牌：求生。這位老師還是得想辦法熬過這一晚，他的小命也有可能會不保。不過，若有警察的妹妹（老師的未婚妻）夾在中間，成為他們兩人之間的賭注，就能加深主角本能的渴望。而且，從第二章的分類來看，這會是一個中世紀騎士的故事，不是嗎？有一個公主當作獎賞，無論時空背景是設在現代還是中世紀，故事都會更好看。還有最後一個例子，你且看下去吧。

讓我們把《度假村》裡的危險成分拿掉。如果沒有任何謀殺未遂的事件發生會怎樣？如果這一切不過是對新來的菜鳥長官的惡作劇呢？若是這樣，賭注在哪？要把這個構想寫得好看，你一定要把死亡的威脅放進去，否則這會變成是一部關於員工集訓的電影，或更糟的是，變成了存在主義式的隱喻。

沒錯，這一切都跟你的主角息息相關。給他設下一個非同小可、貨真價實、攸關人性最原始需求的賭局，要基本到我們用膝蓋想都能瞭解。讓主角想滿足某個真實又簡單的渴望：求生、填飽肚子、性、保護所愛的人、面對死亡的恐懼。

談到你的劇本裡應該有什麼樣的角色配對,我們會在夫妻、父女、母子、前男女朋友的組合中,得到最好的共鳴,為什麼?因為這些關係確實存在於我們的生活當中。當你說「父親」,我就想起我的父親;你說「女友」,我便想起我的女友。我們的生命中都有這些人,所以只要他們出現在戲裡,便能吸引我們的注意,甚至光是這幾個字,就能引發我們的直覺反應。當你拿不定主意的時候,不妨將角色設定成你記憶中印象最深、形象最豐富鮮明、與我們關係最緊密的人。想辦法將角色塑造成與我們每個人切身相關,做到連每一個原始人(和他的兄弟)都能懂。

現在跟我重複一遍:務必賦予角色最「原始」的渴望!

為你的英雄選角

經驗老道的電影編劇很容易掉入一個陷阱,自以為知道某個演員接下來想演哪種角色。亞當想拍一部劇情片,此片有可能讓他得到奧斯卡獎;金也想,史提夫也想,在《愛情,不用翻譯》(Lost in Translation)擒下多個小金人後,每個人都想!我們都看過這些大明星最近期的電影,也許能預測他們接下來會拍什麼片,也可能完全沒有頭緒,卻總是自以為知道哪些人最適合來演我們寫的劇本。

讓我在這裡告訴你,我們不會知道的!

所以，以下這幾件事別太早去想：

- 別在劇本賣出之前為你的電影選角！
- 別為特定演員量身打造劇本！
- 不要自以為某位演員一定會接演你的電影，你的希望一定會落空。

夢幻劇本遇上夢幻卡司的情況屈指可數，來說說我為此吃足苦頭的經驗吧！二〇〇四年，我和很厲害的薛爾頓·布爾合寫了一部搞笑喜劇片，故事前提是：如果美國總統的直升機迫降在敵營會怎樣？如果他被迫要單槍匹馬上前逮捕恐怖分子，又會是什麼情景？這是關於某位總統發掘了自己內在領袖特質的故事，是《驚爆銀河系》（*Galaxy Quest*）的小布希版，我們還想了一個很酷的片名《孬鷹計畫》（*Chickenhawk Down*）。很棒是吧？但最後我們的劇本賣不掉，原因是適合演美國總統的人選大概只有兩個，我們需要的又是主角，當今沒有幾個人能獨挑大梁撐起這部電影。提姆·艾倫是我們的首選，再來還有誰啊？結果我們寫出來的東西反而讓我們在選角上陷入瓶頸。對，劇情很好笑。沒錯，故事也很棒，總有一天一定會被拍出來（只能靠上帝了），但現在劇本還是安安靜靜躺在原來的地方，你都可以聽到灰塵飄落的聲音了。

我們都是專業的電影編劇，早該料到會有這樣的情況才對，但是我們太陶醉於自己的構想，完全沒有把問題想清楚。重點是，你要為劇本

留下足夠的選角空間，你的主要角色一定要很多演員都能演，而且個個都可以撐得起這部電影。這也是為什麼有那麼多角色都是為年輕演員而寫，因為年輕演員真他媽的多啊！

然後，你永遠不會知道一個演員到底想接演什麼角色，即使你從經紀人那裡打聽到的消息也不見得百分之百準確，就算演員本人凝視著你的雙眼對你說，他下一個想極力爭取的角色是一部喜劇片中的老師，那也未必是真話。別忘了，他是演員哪，有魅力卻善變，讓人捉摸不定。

他們不知道自己接下來會接演什麼樣的電影。

你也不會知道。

角色原型

說了這麼多，為什麼有些演員總是在演某一類型的角色？就如我在第二章裡暗示的，你會發現在整個電影史當中，很多大明星總是特別擅長詮釋某類角色。想想瑪麗蓮・夢露（Marilyn Monroe）、克拉克・蓋博（Clark Gable）、卡萊・葛倫，再想想金・凱瑞、羅素・克洛、茱莉亞・羅勃茲（Julia Roberts）和珊卓・布拉克。這並不是說他們的戲路窄，所以沒本事把其他類型的角色演好，而是觀眾本來就想在大銀幕上看到

某些「原型」角色（很大程度上來說，這也是電影吸引人的原因）。

當今演出那些原型的演員們，不過就是取代了從前演過同樣原型的演員而已。

羅素·克洛不就是埃羅爾·弗林（Errol Flynn）？

金·凱瑞不就是傑瑞·路易斯（Jerry Lewis）？

湯姆·漢克斯（Tom Hanks）不就是詹姆斯·史都華（Jimmy Stewart）？

珊卓·布拉克不就是羅莎琳·羅素（Rosalind Russell）？

這些原型之所以存在，是為了滿足我們將心中的幻想呈現在大銀幕上的渴望。我們想看到演員把榮格（Carl Jung）的人物原型表現出來。所以你在編劇時，務必要把某些原型寫進角色裡，而不是把某些電影明星寫進去。只要能做到這點，劇本的選角就不會是太大的問題了。以下所列舉的，嚴格說來不算是榮格原型（雖然我以前在榮格心理學這門課上拿了 A），但還是讓我提供一些「史奈德原型」給你參考吧：

力爭上游的年輕人
這是非常典型的美國角色，包括哈洛德·羅伊（Harold Lloyd）、全盛時期的史提夫·馬丁、亞當·山德勒（Adam Sandler）和全方位的艾希頓·

庫奇（Ashton Kutcher）。儘管可能出身寒微，卻刻苦努力，個性有點樸拙有點呆，卻很有勇氣膽量，這是我們都想看他贏得勝利的角色。

受到誘惑的美國甜心

甜美可人，內心純潔。這類型包括貝蒂・葛萊寶（Betty Grable）、桃樂絲・黛（Doris Day）、全盛時期的梅格・萊恩和瑞絲・薇斯朋（Reese Witherspoon）。這是女生版本的「力爭上游的年輕人」。

小惡魔、聰明機智的小孩

傑基・庫根（Jackie Coogan）、麥考利・克金（Macaulay Culkin），還有和他們相反的邪惡版本，例如《壞種》（*The Bad Seed*）裡的壞胚子派蒂・麥考馬克（Patty McCormick）。

性感女神

從梅・蕙絲（Mae West）、瑪麗蓮・夢露、碧姬・芭杜（Brigitte Bardot）到荷莉・貝瑞（Halle Berry）。

魅力男神

這是性感女神的男性版本，從魯道夫・范倫鐵諾（Rudolph Valentino）到克拉克・蓋博，從勞勃・瑞福（Robert Redford）到湯姆・克魯斯，再到維果・莫天森（Viggo Mortensen），當然還有馮・迪索（Vin Diesel）。

原型的種類還有很多，「受傷士兵為了贖罪而執行最後一項任務」的

類型就有保羅‧紐曼（Paul Newman）和克林‧伊斯威特（Clint Eastwood）；「惹不起的尤物」[14] 包括維若妮卡‧雷克（Veronica Lake）和安潔莉娜‧裘莉；屬於「花花公子」類的有卡萊‧葛倫和休‧葛蘭；「弄臣」類的包括丹尼‧凱伊（Danny Kaye）、伍迪‧艾倫和勞勃‧許奈德（Rob Schneider）；「睿智老爺爺」的原型則是亞歷‧堅尼斯（Alec Guinness），還有同樣在電影中留著大把鬍子、身著一襲長袍的伊恩‧麥克連（Ian Mckellen）。

此外，擁有魔法的侏儒和江湖術士、死黨型的角色、會說話的動物、老處女、巫師、放浪形骸的損友 [15] 和小氣鬼等等，原型的種類層出不窮，而且一再出現。同類型的角色在故事中發揮的功能也相同。身為編劇，瞭解筆下角色原型的發展源流是你非做不可的功課，這和你必須瞭解不同電影類型的演變史，是一樣的道理。

雖然每個年代有不同的當紅演員，但「原型」是永遠不會改變的。每一個原型都有各自的故事模式，我們想看到這些故事一再被搬上大銀幕。重點是，在銀幕上搬演的故事要能符合我們心裡對不同原型的期待。誰該獲得勝利，誰又該受到懲罰，為什麼？不管現今的流行和熱潮為何，我們想看的依然會是邪惡受到公平正義的制裁、英雄迎接最後的勝利。這些英雄故事和讓故事運作的方程式，早就存在我們的基因裡，而你的任務很簡單，就是忘掉那些電影明星，專心在角色原型上，並努力讓他們展現出新的風貌。

特殊情況

現在，為了那些固執的讀者，讓我們來談談例外吧。如果是一般劇情單純、線性敘事的電影，我們現在已經知道要怎麼幫它塑造角色了，但如果遇到一些特殊情況呢？比方說，多線式群戲或傳記電影？或者你接了一部動畫片劇本，其中的角色是取自某個既有的童話故事？

好吧，特殊情況總是會有的，但塑造角色的方法還是完全一樣。

以傳記電影為例，假設你受委託根據某人的生平故事來寫劇本，但這個人並不可愛，或是他的所作所為一點也不光采，這時你該怎麼辦？讓我們來看看《金賽性學教室》（*Kinsey*）。如果你知道性學專家金賽博士（Alfred Kinsey）的故事，就會瞭解身兼編導的比爾・康頓（Bill Condon）所面臨的問題了。金賽博士是個怪咖，他把自己的朋友和鄰居當成實驗對象，又暗中窺探妻子的隱私，用大多數人都不太能接受的方式來操弄他們，因此這個故事的主角本身就不正派，是個「壞蛋」。不過，如果有人能把情色業大亨兼《好色客》（*Hustler*）的創辦人賴瑞・弗林特（Larry Flynt）塑造成「英雄」，拍出一部《情色風暴一九九七》（*The People vs. Larry Flynt*），那麼我們也可以把同樣的做法套用在金賽博士身上。事實上，康頓就是這麼做的。

《美麗境界》的編劇在改編諾貝爾獎得主約翰・納許（John Nash）的生平故事時，也面臨到同樣的問題，他們選擇將某些事情含糊帶過，好

讓主角看起來更可愛一點。電影刪掉了一些可能會讓人觀感不佳的風流韻事，也為了整體敘事的流暢性，將納許的前後兩任妻子合併成一位。在專業律師的指點之下，這種做法在好萊塢屢見不鮮。

我也曾陷入類似的兩難。有人找我為知名車商與跑車設計師約翰‧迪羅倫（John DeLorean）[16] 寫一部電影，這真是天大的挑戰。根據研究，迪羅倫並不是一個靠商業頭腦誠實賺錢的人，也不是因為眼光失利才被美國三大汽車製造商給打垮；某些資料顯示，他根本只是個騙子。

我當時看到這些資料真的非常驚訝。既然如此，在迪羅倫的故事裡，誰才應該是那個「英雄」呢？我的解決方法是讓某個傳記作者來當電影的主角，這個人曾經是迪羅倫汽車的員工，在公司草創初期就加入，一步步看著老闆和他的「公司願景」走向幻滅。透過這位知情人士的眼睛來見證迪羅倫的所作所為與大起大落，觀眾也更容易入戲。我甚至為劇本取了一個非常諷刺的片名《極速夢幻》（Dream Car）。當你在為傳記電影找尋敘事觀點時，要遵守的規則和其他電影一樣，首要之務是必須找到一個角色，他是我們可以認同的人，或至少是我們可以理解的人。

編劇在處理群戲時也會遇到類似的難題。看看約翰‧屈伏塔在《黑色追緝令》和伍迪‧艾倫在《愛與罪》的演出，就能證明主角不一定是占最多戲分的人。不過，當你在尋找切入點時，多線式群戲的確是個特別的挑戰。你會不斷自問：這是關於「誰」的故事？劇本裡有十二

個角色，難道大家上場的時間也要均分嗎？

勞勃・阿特曼（Robert Altman）是擅長多線式群戲的大師，他的作品《納許維爾》（*Nashville*）、《情挑洛杉磯》（*Welcome to L.A.*）和《銀色、性、男女》（*Short Cuts*）都充滿了交錯穿插的人物群像，沒有一個中心主角。然而，阿特曼對此有不同的看法，他認為《納許維爾》的「主角」就是納許維爾這個城市，而《情挑洛杉磯》和《銀色、性、男女》的「主角」則是洛杉磯市。儘管這些都不是以某個主要人物為中心的典型故事，但阿特曼找到了他自己的方法並且徹底執行。透過一個可以讓觀眾認同的另類「主角」，他還是可以說一個好故事，並且將他想要表現的寓意傳達出來。

處理多線式群戲的方法和其他電影並無不同，主角通常都是負責推動主要劇情的人。當你不確定該怎麼做的時候，不如反問自己：是誰在推動劇情？誰反抗得最激烈？又是誰成長得最多？很快地，你會發現你需要回答的問題和其他電影一模一樣：是誰面臨最具張力的衝突？誰擁有最漫長曲折的心路歷程？又是誰會最受觀眾喜愛，讓大家都想支持他、希望他獲勝？那個人就會是你電影裡的主角。

根據既有素材改編的動畫電影，通常也會是困難的挑戰，特別是在面對時代差異或文化隔閡的時候，故事會需要重新詮釋。我們在第六章將看到迪士尼動畫《阿拉丁》（*Aladdin*）的主角，是如何從原著裡那個有點討人厭的街頭小混混（儘管他的形象在他所處的社會文化中完

全可以被接受），變身成為開朗善良、駕馭魔毯的好小子。同樣由迪士尼出品的《花木蘭》（*Mulan*）、《風中奇緣》（*Pocahontas*）和《鐘樓怪人》（*The Hunchback of Notre Dame*），在改編上也遇到類似的挑戰，需要調整主角的設定與說故事的方式，最終成果有好有壞。然而，不論你的卡司陣容是冰河時期的史前人類還是各色各樣的昆蟲（如《小蟻雄兵》〔*Antz*〕和《蟲蟲危機》〔*A Bug's Life*〕），你都需要為故事找到一個必勝的故事前提和主角，而基本原則都一模一樣。

我們從這些例子歸納出來的經驗法則是，不管是哪種電影，你只要掌握住基本精神就好了：跟我說一個故事，這是關於一個傢伙，他……

- 能讓我認同。
- 能讓我從他身上學到東西。
- 有強烈吸引我繼續看下去的理由。
- 使我相信他應該贏得勝利。
- 帶著人性最原始的渴望，面對一個有說服力的賭注。

你只要按照上面的條件來為電影設定主角，就絕不會出錯。不管交到你手上的是什麼案子、題材和故事背景，只要找到故事的重心，你就找到了主角。

忠於你的故事前提

當你為故事找到適合的主角,並確定了他的目標,這時候就該回到你的故事前提,把你在本章學到的新觀念加上去,讓它更完美。如果你覺得這聽起來像是我堅持要你去做故事前提的「奴隸」,沒錯,就是這樣。

故事前提是你故事的密碼,是深植在故事裡的基因,它應該要是一個不變的真理。如果你有一個好的故事前提,具備了一個必勝構想的所有特性,它就應該要能提供你在編劇過程中所需的一切指引。簡單來說,故事前提是一個檢驗標準,對於身為編劇的你和你的目標觀眾來說,都是如此。忠於故事前提,你就可以寫出最好的故事;反過來說,如果你在寫作過程中偏離了故事前提,那你最好要有非常充分的理由。

所有和主角有關的部分,情況更是如此。故事前提講的就是主角發生了什麼事:他是誰?和誰對抗?賭注又是什麼?你應該要用簡潔的一到兩句話就把這些都說清楚。

在你把故事前提確定下來之後,還要完全照著它來發展劇本。這不僅是一個「練習」而已,而是你必須要這樣做,從你把劇本架構出來直到開始動筆寫作,它都至關重要。藉由故事前提,你可以清楚檢視主角是誰、他的基本需求是什麼、想阻撓他的反派是誰,於是你能更清

楚分辨並滿足劇情所需。一個必勝的故事前提必定包含了最具張力的衝突、形象最鮮明的主角和反派，以及最清楚易懂、發自本能渴望的目標。一旦你找到能滿足以上條件的故事前提，就一定要忠於這樣的設定。在你動筆之後，更要經常用故事前提來檢查你的成果。如果你在寫作的過程中發現了更好的做法，也一定要回過頭來重新釐清你的故事前提。

但不管怎樣，從頭到尾你的故事都必須是「在講某個傢伙，他……」，這樣你才能保持正確的方向，不致走偏。從一開始的概念成形到最後完成劇本，故事前提都能持續幫助你核對檢查。

總結

找出你故事中的主角，是發展出必勝電影概念的重要關鍵（這裡說的「必勝」就是指「劇本能賣」）。事實上，角色和概念是所有電影的起點。「這部片在講什麼」和「片子裡有誰」是影迷最先會問的兩個問題，也是從經紀人、製片到電影公司老闆都會問的問題。正是「誰」和「它在講什麼」的迷人組合，勾起我們想看電影的興致。

最完美的主角要能提供最具張力的衝突、最漫長曲折的心路歷程，並且有一個最關乎人性基本需求的目標，讓我們願意支持他。事關生存、填飽肚子、性、保護所愛的人、面對死亡的恐懼，都能抓到我們

的注意力。這個主角通常也會是我們直覺反應就能同理的人,因此在
同樣的情境和故事基礎上,母女、父子、兄弟姊妹和夫妻,會是比陌
生人更容易讓觀眾代入的角色。

將這些想法加入故事前提之後,你一定要為主角找出一個適合描述他
的形容詞,為反派也找出一個形容詞,而且要有一個明確又原始的目
標或設定。

練習

1. 根據你正在寫的電影類型，列出一份片單，並寫下當中每一部片的故事前提。你要特別留意主角和反派各是哪一類角色，記得要幫他們加上形容詞，同時也要點明主角的目標，而這個目標需要出自人性最原始的渴望。

2. 在上述片單中，你能找出哪些原型角色？主角是屬於哪一類原型？在過去有哪些演員能擔綱那一類角色，而且和當今的明星相比一點也不遜色？

3. 挑一部多線式群戲電影，找出其中的主角。每一部片是否一定會有一個主角？把缺少主角的電影列出來。

4. 如果你已經躍躍欲試，請幫以下構想寫出一個故事前提：某個傢伙得到了一輛會說話的車子。用你學到的方法為這個概念塑造主角和反派，賦予主角一個根本目標，並把這些構想都寫進故事前提。別忘了要用形容詞來描述你的角色，好讓你的故事前提更吸引人。

4. 架構劇本

你覺得手癢,迫不及待想動筆寫劇本了嗎?

你一定是的!

你覺得我會這樣就放手讓你寫嗎?

時候未到!

但是快了。想想你到目前為止完成的事情:你仔細雕琢了故事前提,也做過街頭市調,確定有一個很棒的電影構想;你看了十多部與你想寫的故事同類型的電影;你構思出最適合這個故事的主角和反派,也強化了主角的根本目標和他所面對的衝突。接下來你需要思考的是,該怎麼運用你收集到的精采素材,寫出一部引人入勝的劇本?

在發展一個全新電影構想的過程中,最令我興奮的,莫過於在動筆前大聲吶喊:「讓我們把劇本架構出來!」

這句話的意思是,現在是時候將你手上有的每一場好戲、構想和角色都放上情節板(The Board)[17]了;你需要判斷什麼樣的情節該安排在哪裡、哪個角色會做什麼事,以及你是否真的會用到每一個想法,或是你必須重新構思、從頭來過?

在這個階段你需要仔細計算、精準規畫,這麼做可以節省你之後的時間,確保故事裡的每一個轉折都到位,為你的劇本建立堅實的骨架。

所以,現在讓我們來談談電影架構。

架構!架構!架構!

在你有了構想,也確定了主角和他的目標之後,架構就是所有編劇工作裡最重要的一環。好的架構是鐵打的保證。一個架構良好的劇本在你賣劇本的時候,絕對不言自明,它會顯示你曾下過一番工夫,為電影規畫出近乎無懈可擊的藍圖。即使在電影製作的過程中有人改掉你的場景順序、刪掉你寫的對白、或是增刪角色(他們絕對可以這麼做),但只要你已經把架構做好,並且清楚知道故事是如何運作以及背後的前因後果,那麼無論其他人怎麼瞎搞,你的劇本仍會有一定的水準。

而且,它仍會是「你的」劇本。

這不是我們的防衛心太重,而是一個堅實的故事架構真的可以確保你掛名編劇。一個劇本的骨架是由劇本裡的劇情轉折所構成,對於美國編劇協會(Writers Guild of America,簡稱 WGA)裡負責裁決誰該掛名編劇的人來說,這比劇本裡的任何其他元素更能證明劇本是你寫的。去找

曾經遇過掛名爭議的編劇談談，他們都會告訴你同樣的事。身為原創電影編劇，你能藉由架構故事保障自己名列製作團隊或是電影的謝幕名單，豐厚的報酬與分紅也會隨之而來。

理解與打造電影架構的過程是一項精巧的工藝，需要十足的耐心，並結合用影像說故事的魔法。這些都是你必須要學習的技巧。

我一直到很後來才搞懂電影架構，而且幾乎是在工作最低潮的時期才意識到它的重要性。在我入行的早些年，曾經在數不清的會議裡向電影公司提案，我往往在介紹完高概念和描述幾個自以為酷的場景之後，就只能停下來微笑，不然我還能說什麼呢？囧。

我記得第一次接受委託寫劇本時，製片問我劇情在哪裡「換幕」，我完全不知道對方在說什麼，那時候的我甚至還沒有聽過席德·菲爾德的大名（我認為他是當代電影編劇之父）。等到我終於讀完並徹底吸收他的大作《實用電影編劇技巧》（Screenplay）之後，我發現我的編劇事業有救了。

噢，三幕劇 [18]！你能想像嗎？

但光是三幕劇還不夠。對我來說，寫劇本就像是游泳橫渡汪洋大海，在兩次換幕之間仍是廣闊的水域，整部劇本還有太多的空白會讓我迷失、驚慌，甚至溺水。我需要在大海中建造更多島嶼，以縮短每一段

游泳的距離。

薇琪・金的那本《二十一天搞定電影劇本》，雖然書名帶有速成的意味，但是教了我很多填補劇本空白的方法。然而，即使劇情裡增加了「中間點」和「副線」，還是有太多可能被搞砸的空間。

所以，我發展出一套自己的方法。

總結我所看過的電影、讀過的編劇書籍，和我在編劇這一行累積的實戰經驗，我設計出一張「布萊克・史奈德架構表」，將劇本應有的十五個劇情轉折濃縮在一頁裡。這十五個劇情轉折就像是大海裡的十五座島嶼，分別立在表格的左側：

布萊克・史奈德架構表

劇名：
類型：
日期：

1. 開場畫面（1）

2. 主題陳述（5）

3. 布局（1-10）

4. 觸發事件（12）

5. 天人交戰（12-25）

6. 第二幕開始（25）

7. 副線（30）

8. 玩樂時光（30-55）

9. 中間點（55）

10. 反派的逆襲（55-75）

11. 一敗塗地（75）

12. 黎明前最深的黑暗（75-85）

13. 第三幕開始（85）

14. 大結局（85-110）

15. 結尾畫面（110）

是不是很簡單明瞭？

我每次參加提案會議都會使用這張架構表。如果我無法把表上的每一個空格填滿，我就不會讓自己去提案，而且說實在的，這個架構表並沒有太多東西要填。你只需要用一到兩句話來說明每一個劇情轉折，就很完美了。

我從經驗中發現，就像用「一句話」來介紹電影內容一樣，如果我沒辦法用一到兩句話來說明一個劇情轉折，就表示我其實還沒有把它想清楚，我只是在瞎猜，在胡亂踢水，而且很快就要溺水了。事實上，在開始填寫架構表之前，我根本無法知道劇本哪裡出了問題。

表格中括弧裡的數字是每個轉折在劇本中出現的頁數。一個劇本的長度應該要是一百一十頁 [19]，就像職業賽馬師的體重應該要是一百一十磅。有些劇情片會比較長，但比例應該要維持不變。

我希望兩次的「換幕」、「中間點」和「一敗塗地」都出現在正確的時間點，也堅持你一定要這樣做。看看《小鬼富翁》，在電影開演的第五分鐘，差不多就是劇本的第五頁，劇情主題就清楚明確地呈現出來。接著再看「中間點」、「一敗塗地」和「第三幕開始」也都出現在正確的位置，從劇本到電影都是。這是因為我和柯比從劇本的初稿到定稿都絞盡腦汁，才打造出完美的架構。這部電影之所以好看，是因為劇本的架構非常穩固，可以讓我們在創作的過程中從各個角度去檢

視它。這樣做的結果，會讓所有想去更動、修改我們劇本的人無從下手，因為故事的架構早已精準到位。

架構表裡的某些詞彙，一開始可能會讓你摸不著頭緒，比方說，什麼是「玩樂時光」？這個嘛，它不過是我取的一個名字而已，別太擔心，在所有的劇情片和喜劇片裡你都找得到這樣的劇情轉折。什麼又是「黎明前最深的黑暗」？你最後也會發現，原來它又是一個你早已看過無數次的劇情轉折。

現在我要幫你解開這張表格上所有難懂的通關密語，「布萊克・史奈德架構表」可以讓你隨時隨地使用。在你開始填表之前，容我針對表上所列的每一個劇情轉折，詳加解釋並舉例說明。

對此你有別的選擇嗎？

很抱歉，你一定得照我的方式做！

開場畫面（1）

開場畫面決定了一部電影帶給人的第一印象，包括它的調性、氛圍、類型和格局。

我可以想到很多令人印象深刻的例子：一輛機車在英國鄉間急駛，畫面一路帶到了《阿拉伯的勞倫斯》的主角之死；一棟大門深鎖的陰森豪宅，由遠到近的畫面暗喻了《大國民》的謎團將被層層撥開。有些開場甚至很搞笑，例如《動物屋》，誰忘得了刻在法柏大學創辦人雕像下面的校訓「知識是好東西」？我們可以透過這三個開場畫面，預期自己將會看到什麼，不是嗎？而每一個開場畫面不正是為了將整部電影定調，包括調性、類型、風格和主要衝突？

開場畫面也讓我們有機會認識主角最初的樣子。它是一個片段，讓我們看到主角（無論是男、是女，還是一群人）在「改變之前」的概略樣貌。

理論上來說，如果編劇有做好他的工作，他應該也會安排一個事過境遷的畫面，呈現主角在「改變之後」的樣貌。在我的架構表裡，「結尾畫面」就是與開場畫面相對應的轉折點，它們像是一對書擋，一前一後。由於所有的好劇本都一定會有「改變」發生，因此頭尾的場景要呈現出明顯的對比。開場和結尾的畫面應該要彼此相對，一正一負，兩者的落差之大，彷彿整部電影的情緒起伏都被包含在內。

通常演員在決定是否要接一部戲的時候，只會讀劇本的前十頁和後十頁，看看故事前後是否有夠大幅度的改變，以及這樣的改變是否耐人尋味。如果你沒有把改變做出來，那麼你的劇本通常會被直接扔掉。

總而言之，開場畫面可以發揮許多作用，不但決定了電影的調性、氛圍和風格，也常用來介紹主要角色，並且呈現主角在「改變之前」的樣貌。不過，它最主要的功能還是讓我們乖乖坐在戲院的椅子上想：「這部片應該會很棒！」既然你已經看過了十多部與你正在著手的劇本同類型的電影，你應該至少可以列出六部開場畫面非常出色的電影。所有好電影都一定有很棒的開場畫面。

主題陳述（5）

一部架構良好的劇本在開場五分鐘內，都會安排某個人提出一個問題或論點（通常是由旁人對主角說出來），而這個問題或論點就是這部電影的主題陳述。

此人可能會說：「小心你許的願」、「驕者必敗」或是「親情比財富重要」。不過，這句話多半不會那麼明顯，它會出現在對話裡，而且是不經意的一句話，主角當下無法完全明白，之後卻會對他產生深遠的影響。

這句話就是一部電影的「主題性前提」。

從很多方面來說，一部好劇本是編劇提出來的論證，探討某種人生觀或目標的利弊得失。某些行為、夢想、或目標值得去追求嗎？或者它

只是夢幻泡影？財富和快樂哪一個比較重要？綜觀全局，應該成就自己的利益還是顧及群體利益？整部劇本就是要展開論述，支持或反駁某個核心命題，並且從各個角度探討它的好壞。無論你想寫的是喜劇片、劇情片，還是怪獸科幻片，它一定是在探討某個主題，而且這個主題必須要在電影的前面就出現。就在「主題陳述」這裡，大聲說出你的主題吧！

如果你的電影沒有主題，那就麻煩了。務必要釐清你想在電影中探討的主題。有時候，你需要等到寫完初稿才會有具體的想法，但只要你有明確的主題，就一定要在電影的前面先提出來，而我總是讓它在劇本的第五頁出現。

切記，你的電影一定要有主題陳述，你需要向觀眾宣告「我可以證明這個論點」，然後你就可以開始這麼做了。

布局（1-10）

劇本的前十頁或頂多前十二頁，是所謂的「布局」階段。如果你跟我和大多數在好萊塢審劇本的人很像，就知道布局攸關一部電影的成敗，你必須在這裡抓住我的注意力，否則我會失去興趣。想想你看過的那些精采布局，在電影前十分鐘內就要設定出主角、衝突和目標，還要鋪陳得引人入勝。

如果你跟我一樣是編劇，就要確認自己在布局階段就介紹或暗示了故事主線中的每一個角色。隨便挑一部好片來看，在十分鐘內你會見到所有主線人物出場或是被提及。要確定你在劇本十頁之內就做到這一點。

你也需要在劇本前十頁就放進主角的所有特色，呈現他所有和後面劇情有關的行為，好解釋主角為什麼需要改變才能達到目的。比方說，《綠寶石》（*Romancing the Stone*）的主角是位離群索居的作家，活在自己幻想的世界裡；《雨人》的主角是油嘴滑舌的汽車進口商，能言善道卻也冷漠；而《金法尤物》的主角則是個看似天真愚蠢、腦袋裡沒裝多少東西的女孩。

在布局階段，你還要讓觀眾看到你的主角缺少或渴望些什麼，也就是「需要彌補的六個缺憾」。這是我自創的說法，六也只是舉例用的數字，主要是告訴你一定要把主角生命中欠缺的東西呈現出來。我再強調一次，要呈現出來！

「需要彌補的六個缺憾」包含了主角的人格特質或缺陷，它們像是小小的定時炸彈，會在劇本稍後的部分引爆，迫使他做出改變與修正。這些缺憾可能是一個伏筆，也可能會用反覆出現的畫面或動作帶出來。但身為編劇，你一定要讓觀眾知道這些暗示「缺憾」的動作或畫面為何會一再出現。

看看《飛進未來》（*Big*）在布局階段是怎麼描述小男孩的缺憾：「你一定要長到這麼高才能坐上去。」除了身高不夠以外，小男孩也追不到他喜歡的女生，同時還缺乏隱私，這些都是他「需要彌補的六個缺憾」。等到電影進入第二幕，當小男孩一夜之間變成大人，他想要的全都得到了，這時候觀眾會知道他得到些什麼，因為早在布局階段就看過他所有的缺憾了。

老天，前十頁要做的事還真多！但事實就是如此，如果你想要跟好萊塢大咖們周旋，這就是你的必要任務。

關於這個階段我還有一點補充。我喜歡將電影區分成三個不同的世界，大部分人稱之為「三幕」，但我喜歡稱它們為命題（thesis）、反命題（antithesis）和綜合命題（synthesis），也就是正、反、合的概念。

劇本的第一幕，包括前十頁和其他部分，構成了電影的「命題」，在這裡觀眾會看到「改變前」的世界。此時主角的冒險之旅尚未啟程，雖然看似風平浪靜，卻是風雨前的寧靜，因此布局階段要做出一點「山雨欲來風滿樓」的感覺。如果繼續維持原狀，將會是死路一條，所以之後一定要有所改變。

觸發事件（12）

《綠寶石》裡送來的包裹，促使女主角瓊恩．懷德（凱薩琳．透納〔Kathleen Turner〕飾演）前往南美洲；《雨人》裡的一通電話告訴湯姆．克魯斯他的爸爸去世了；在《金法尤物》裡，瑞絲．薇絲朋的未婚夫在兩人共進晚餐時宣布要甩了她。這些都是觸發事件，舉凡接到電報、被炒魷魚、捉姦在床、被告知生命只剩下三天、突然一陣敲門聲、使者報信等等，統統都是。身為編劇，你要在布局階段告訴我們世界原本的樣子，再用觸發事件來粉碎它。砰！

我實在很喜歡觸發事件，因為它不可或缺。如果一部電影缺少了觸發事件，或是這部分沒有做好，我總會覺得非常可惜。電影沒有觸發事件，就像是少了「救貓咪」戲碼一樣，會讓我感到很不對勁。

我喜歡觸發事件，因為這就是人生，我們的確會遭遇那樣的時刻，而且所有人生的重大改變在一開始看起來都像是壞消息。就像史奈德架構表裡的許多其他轉折點一樣，觸發事件不完全是表面上看起來的樣子；乍看之下它不是好消息，實際上卻將主角帶進一段冒險旅程，最終讓他嘗到喜悅的滋味。

我在幫劇本打草稿的時候，觸發事件出現的地方常會變來變去。布局階段經常過長，因為塞了太多細節反而讓故事停滯不前，原本應該在第十二頁的觸發事件，不知怎麼的竟然跑到了第二十頁。

嗯，你應該刪去一些內容並把它放回原本該放的位子：第十二頁。當你開始刪掉這些心血結晶的時候，才會理解到我們為什麼需要這個小小的架構表。你會恍然大悟，原來所有無聊的細節都是多餘的，或者你會發現自己還不知道該怎麼用精簡的方式說故事。觸發事件是劇本裡發生的第一個重要事件，謝天謝地！如果它不在這裡出現，劇本的審稿人會開始坐立難安，而你的劇本評估報告也會被註明「沒劇情」，因為它已經讓人失去興趣了。觸發事件要出現在第十二頁，記得一定要把它寫出來。

天人交戰（12-25）

這個階段會發生在劇本的第十二頁到二十五頁，我以前常被這部分難倒。當第十二頁出現一封電報說妹妹被海盜劫持了，主角馬上就會知道下一步該怎麼做。既然如此，身為編劇的我幹嘛還要費力寫到換幕的地方，才讓主角去做他該做的事？

在「天人交戰」階段發生的事就是——天人交戰，完全和字面上講的一樣。這是主角最後一次有機會說：這實在是太瘋狂了！而我們也需要讓他充分明白這一點。我應該去做嗎？我敢這樣做嗎？是的，這條路危機四伏，但我還有別的選擇嗎？難不成要留在原地？

我和編劇搭檔薛爾頓·布爾正在合寫一部「英雄的旅程」類型電影。

在第一幕，一名男孩被軍校退學，回到家卻發現他的爸媽都搬走了。嗯，這小子頓時之間不知道該怎麼辦，他既無法回到軍校也回不了家。但是他知道父母搬去哪裡，所以他現在面臨了一個抉擇：要上路去找他們嗎？

對編劇而言，這裡會是大顯身手的地方，我們可以讓路途盡可能的險惡。你應該可以想像那種景象吧？

不過這畢竟是喜劇，我們得讓它看起來有點好笑。因此，在第一幕結束的時候，我們的小男孩被一個好心的計程車司機載到了城鎮最外圍的邊界，他望向那條荒涼不著邊際的公路，心想，如果要找到父母，就別無選擇一定要上路。深吸一口氣！然後，一名路過司機的奚落將他心裡的害怕一掃而空。於是，我們的小主角轉換了心情，下定決心出發了。

也許在你的劇本中，主角的心情轉折不會這麼明顯直接，但是你一定要記得，在「天人交戰」階段一定要拋出類似的難題。

《金法尤物》的觸發事件是艾兒·伍茲被未婚夫甩了，接著她很快便決定要去哈佛大學念法律。但是，她申請得上嗎？這是艾兒所面臨的問題。因此在「天人交戰」階段，她開始用各種方式回應這個問題。她努力準備申請法學院必備的 LSAT 考試，拍了一段非常性感誘人的自薦影片，最後終於被哈佛錄取了。天人交戰的問題得到了明確的答

案，對，她做到了！如同那個單槍匹馬上路的男孩，艾兒也開心地進入了第二幕。她通過了天人交戰這一關，理所當然能繼續朝著下一步邁進。

第二幕開始（25）

這應該要出現在第二十五頁。為此很多人跟我爭論，為什麼不是第二十八頁？在第三十頁才開始錯了嗎？拜託，別這樣。

在一百一十頁的劇本裡，第二幕最晚要在第二十五頁開始。

當別人拿劇本給我看的時候，我總是先翻到第二十五頁（我們都有自己的閱讀癖好），因為我想確認兩件事：第一，有任何事件在這裡發生嗎？第二，編劇知道這裡應該要有事情發生嗎？不但要有，而且還必須是重大事件。

因為這就是在第二十五頁該出現的劇情。

就如前面所講的，當劇情從第一幕進入第二幕的時候，我們離開了舊世界（「命題」的世界），開始進入一個和舊世界完全相反的新世界（「反命題」的世界）。正因為這兩個世界截然不同，因此換幕時所發生的事件要非常明確。

我自己在寫劇本時，換幕的地方一開始通常是模糊的，我總會找一些事件把主角帶進第二幕，但這是錯誤的做法。主角不可以是被誘拐、被欺騙，或是在不知不覺的情況下被拖進第二幕，他必須要自己做出決定。這也是主角之所以成為主角的原因——他必須要主動積極。

以《星際大戰》為例，促使天行者路克踏上旅途的原因是他的叔父母被殺害，但是「踏上旅程」的決定，則完全出自路克的自由意志。他絕不能一覺醒來發現自己在韓‧蘇洛[20]的太空船上，還疑惑著自己是怎麼上去的；登船必須是他自己的選擇。要確認你的主角也是如此。

副線（30）

副線從劇本的第三十頁開始。大部分劇本的副線劇情都是愛情故事，而副線同時也用來闡述電影的主題。我認為副線劇情帶有轉移主線焦點的作用，幫助緩和主線劇情在換幕時帶來的震撼感。想想看，你已經為主線做好布局，故事也開始轉動，現在我們又硬生生跳進了第二幕，來到一個新世界，而副線的用意像是在說：「夠了夠了，先來談點別的吧！」這與旁跳鏡頭[21]立基在主要鏡頭之下，卻是完全不相干的畫面，有異曲同工之妙。

副線給了我們一個喘息的機會。

我們以《金法尤物》的副線為例，艾兒與她在波士頓遇到的美甲師發展出一段友誼，這裡也確實是我們該喘口氣的時候了。我們已經認識了主角艾兒，知道她被未婚夫甩了，因此決定去讀法學院，也成功獲准入學，卻發現一切沒有想像中容易。好啦，夠了，讓我們在這裡叫個暫停！讓我們稍微放開主線，來個新角色吧！所以美甲師出現了。你想的沒錯，這不是一個傳統的男女戀愛故事，但骨子裡仍是某種「愛情故事」，讓艾兒從中得到養分。在副線的故事裡，艾兒向對方傾訴哈佛法學院帶給她的挫折和磨練，也從這段友誼獲得力量，驅動她進入第三幕直到最後的成功。

副線裡的角色常常是新面孔，我們不一定會在劇本的前十頁看到副線角色出場，甚至可能根本不知道他們的存在。由於第二幕是反命題的世界，這些副線角色會和第一幕舊世界裡的人物大不相同。在這裡，《金法尤物》又是一個很棒的例子。由演技精湛的女演員珍妮佛‧克莉姬（Jennifer Coolidge）飾演的美甲師寶莉，不正是艾兒以前在 UCLA 姐妹會那群女生的變形版？寶莉是典型的「反命題」人物，這也是此角如此成功的原因。

副線的作用還真不少，所以劇本裡一定要有它。副線不僅提供了一個愛情故事和一個公開闡述主題的地方，同時也提供編劇一個暫時脫離主線故事的重要「旁跳」。記住，副線從第三十頁開始。

玩樂時光（30-55）

我會說，「玩樂時光」在劇本裡的主要作用，是滿足「對前提的承諾」，它是電影海報的重點，也是占預告片秒數最多的鏡頭。在這個部分我們會覺得「好玩」，而比較不會去關注劇情（畢竟，衝突一直要到中間點才會再升高）。玩樂時光要能回答觀眾幾個問題：為什麼我要進戲院看這部電影？電影的概念、海報和預告片，到底哪裡吸引我？當電影公司高層要我多加一些精采橋段時，我會把它們放在「玩樂時光」這個地方。

對我來說，玩樂時光是一部電影的重點。當我領悟到這個段落存在的目的，我的編劇事業便開始迅速攀升。

事情發生在一九八九年的夏天，那是少數會讓我想大喊「爽啊」的珍貴時刻。當時我正在寫《母子威龍》（*Stop! Or My Mom Will Shoot*）的初稿，但我卡住了。我有一個很棒的前提：「《緊急追捕令》（*Dirty Harry*）裡的警察添了一名新夥伴——他老媽。」但這代表什麼意思？這部電影在講什麼？這部喜劇的驅動力在哪裡？很多人一定會這樣問。

有一天，我坐在位於聖塔芭芭拉的費西安大樓的辦公室裡，突然靈光乍現，想到一個很棒的點子：不如來場「史上最慢」的追捕行動！如果這名警探和他老媽都被壞蛋開槍射擊會怎麼樣？他們可以一起展開追捕行動。但若是跳進駕駛座開車的不是警探而是他老媽，她就像所

有的媽媽一樣小心翼翼地開車,在遇到每一個紅燈時會乖乖把車停下來,並且伸手擋在兒子胸前保護他,又會是怎樣的情景?

在我順利賣掉劇本,並和環球影業第一次開會時,總監告訴我,他就是在讀到這一場戲時決定買下劇本,理由是他可以想見這部電影會發展成什麼樣子。換言之,我滿足了「對前提的承諾」。但我要把這場好戲放在哪裡呢?當然要放在它應該出現的地方:玩樂時光。

劇情片也是同樣的道理。《終極警探》的玩樂時光出現在布魯斯·威利智取恐怖分子的時候,而《絕命鈴聲》(*Phone Booth*)的玩樂時光出現在柯林·法洛(Colin Farrell)意識到事態嚴重的時候。此時我們暫時拋開懸而未決的劇情與衝突,單純觀賞一部電影的核心構想。我們會在這裡看到編劇履行了「對前提的承諾」,別無其他。

我稱這個階段為玩樂時光,也是因為它的調性比電影的其他部分要輕鬆。像是《王牌天神》裡的金·凱瑞被賦予上帝的神力,不計後果地威風了一陣子,或是《蜘蛛人》裡的陶比·麥奎爾(Tobey Maguire)邊玩邊學著掌控他的超能力。此外,這也是所有「夥伴情」電影中主角們衝突最激烈的時候,這樣瞭解嗎?

玩樂時光。

學起來,愛上它,然後盡情享受。

中間點（55）

一部劇本可以分成前後兩半，位在第五十五頁的「中間點」剛好就是分界。對我來說，換幕固然很重要，中間點也同樣重要，尤其是在編劇工作初期、設計劇本轉折的階段。

以我看過的幾百部電影來說，中間點要不就是主角意氣風發、飛黃騰達的「高點」（即便只是暫時的風光），要不就是主角周遭世界崩壞瓦解的「低點」（即便只是暫時的低潮），而唯有度過這個階段，情況才會好轉。為你的中間點定調，要像在牆上釘釘子般將它牢牢固定住，這樣你的故事才會結構穩固，就像是兩端繫在釘子上的晒衣繩一樣。

我會發現到中間點的重要性，完全出於巧合。在我剛踏進編劇這一行的時候，常會把電影錄成錄音帶，好讓我在開車往返聖塔芭芭拉和洛杉磯的路上可以放著聽；那些特價錄音帶（當年我窮得要死啊）一面可以錄四十五分鐘。無巧不巧，我開車的路線正好被某座山切成兩半，而山頂恰好位在中間點的地方。不論我從哪個方向出發，每次都是在上路的四十五分鐘後開到山頂，而錄音帶的 A 面也正好播放完畢，需要翻面。

有天晚上我錄了一部喜劇經典老片，準備隔天在車上放著聽，這部《愛的大追蹤》（*What's Up, Doc?*）由彼得・博格丹諾維奇（Peter Bogdanovich）執導，瑞恩・奧尼爾（Ryan O'Neal）和芭芭拉・史翠珊（Barbra Streisand）主演。

第二天當我開車經過山頂時，這部片剛好演到一半，而且是劇情的低點。

《愛的大追蹤》的前半段結束在奧尼爾著火的旅館房間，然後畫面慢慢轉換到隔天，他起床後感到糟透了，卻發現芭芭拉・史翠珊出現在身旁，想幫他化解情緒——原來，這場大火竟是她間接引起的！你能體會我當時茅塞頓開的心情嗎？原來《愛的大追蹤》可以切成長度相同的前後兩半，當我開到山頂時前半段也剛好結束。這次的經驗讓我徹底明白，一個寫得好的中間點可以發揮多大的作用和力量。

在那之後，我開始留意究竟有多少電影的中間點對劇情動力產生了關鍵作用。然而，中間點不僅僅只是高、低點而已，你也會在很多編劇會議上聽到「衝突要在中間點開始升高」這類說法，因為實際上的運作就是這樣。中間點發生在玩樂時光結束之後，此時劇情再度回到主線。若你在此安排了「勝利的假象」，比方說，主角在這裡覺得願望成真，自以為得到了想要的一切，但這只是個虛假的勝利，因為他在得到應得的教訓之前還有許多難關要過，這時候不過是看似美好而已。

在我的架構表裡，與中間點相對應的是第七十五頁的「一敗塗地」，也可以說是「失敗的假象」。中間點和一敗塗地是互為一組的兩個劇情轉折，因為它們總是彼此相反。規則是：事情絕對沒有中間點那麼完美，也絕不會像一敗塗地那樣慘，或者兩者顛倒過來。

就拿《愛的大追蹤》為例,瑞恩·奧尼爾在第七十五頁一敗塗地的階段,得到他夢寐以求的獎項。但這是一個「勝利的假象」,後來頒獎典禮被幾個無賴破壞,故事進入了第三幕。《愛的大追蹤》在中間點和一敗塗地的安排,是將中間點設定為「低點」的經典範例。中間點呈現的不是暫時的勝利就是暫時的失敗,一敗塗地則和中間點相反。

還是不太信?

把你在寫的那類型電影租回家看,好好研究每部片的中間點和一敗塗地,看看是否能找到例外。

反派的逆襲(55-75)

從劇本第五十五頁到七十五頁的段落,也就是從中間點到一敗塗地之間,是所有劇本最難寫的地方。(讓你知道一下殘酷的真相!)對我來說,這部分從無例外,永遠都充滿了挑戰性,除了卯盡全力拚命寫之外別無他法。

「反派的逆襲」是從主角在中間點的處境開始延伸。在中間點時,一切看似風平浪靜,主角和他的夥伴們正處於巔峰狀態,反派暫時位居下風。但事情還沒完哪,此刻反派正要開始重新集結,準備發動強大攻擊;而主角那一方也因為內部意見分歧、信心動搖和嫉妒等種種問

題，正要開始瓦解。

對我來說，處理「反派的逆襲」從來不是一件容易的事。它是《小鬼富翁》裡最弱的環節，柯比和我當年都覺得它會是這部電影的致命傷。當我跟薛爾頓‧布爾合寫校園喜劇《嗆辣女孩》（*Really Mean Girls*）時，我們也在同樣的地方遇到瓶頸，更別提那時我們根本不知道蒂娜‧費（Tina Fey）正在寫《辣妹過招》（*Mean Girls*）。我們的劇情很類似，四位遭到霸凌的女孩起身反抗學校裡作威作福的金髮校花，到了中間點，她們反擊成功，把壞女孩們整得落花流水，成了校園裡的風雲人物。好，接下來要怎麼發展呢？薛爾頓和我完全沒有頭緒。

我們絞盡腦汁苦思良久，終於想出解決辦法，就是讓情勢回到原點。壞女孩們自然而然又開始重整勢力，我們甚至為此寫了一段非常逗趣的戲，讓觀眾看看她們做了什麼。接著，好女孩團體的內部開始出現歧見，彼此爭論誰才是最受歡迎的女生。到了一敗塗地的時刻，中間點的情勢已經完全逆轉，壞女孩們重新取得了在同學間的地位，我們的四位主角屈辱地退出競爭，真的是一敗塗地了。

我和薛爾頓當時花了好幾個禮拜才想出劇情該怎麼編，雖然現在看來再簡單不過，但是在我們找到正解之前，真的是毫無頭緒。

這是一個很經典的例子，告訴我們任何一部片的「反派的逆襲」該呈現什麼。聯合起來打擊主角的內部或外部勢力掌控著大局，反派步步

相逼，主角求助無門，只能孤軍奮鬥，咬牙忍受，並且正要墜入深淵之中。

一敗塗地（75）

如前所述，在一部架構完整的好劇本中，「一敗塗地」會出現在第七十五頁。我們已經知道它是中間點的相反；如果中間點是主角的高峰，一敗塗地就是他的低潮，反之亦然。

這個地方在劇本裡常被稱為「失敗的假象」，因為即使情勢看起來一片黑暗，也只是暫時的。這時候主角會被擊敗，各方面好像都陷入了絕境，落魄潦倒，沒有一點希望。

我自己在處理一敗塗地時有個小祕訣，幾乎每次都會派上用場，而且很多賣座電影裡也有這個東西，我稱之為「死亡氣息」。

一開始的時候，我發現許多偉大的電影在一敗塗地的階段都會有人死掉。《星際大戰》裡的歐比王就是最好的例子，這下子路克該怎麼辦？一敗塗地就是主角的恩師會死掉的地方，好讓主角領悟到：「原來我一直都有能力自己解決問題。」恩師之死，可以為他闖出一條自我證明的道路。

萬一你沒有一個像歐比王這樣的角色怎麼辦？如果你的故事跟死亡八竿子打不著邊呢？不要緊，你只需要在這個階段放進任何和死亡有關的東西就好了，哪怕只是點到為止。

這樣做一定有效。無論這個「死」是象徵性還出於是劇情需要，你都要在「一敗塗地」的位置暗示死亡氣息，它可以是任何東西，一盆花、一條金魚，或是親愛的阿姨去世的噩耗。原因無他，一敗塗地是「耶穌被釘上十字架」的受難時刻，此時所有的舊世界、角色的老我和舊思維都在逝去，它為命題（舊世界）與反命題（後來的混亂世界）的融合而鋪路，此融合會帶領主角迎向一個新世界、新生命。你在這個節骨眼所呈現的死亡，哪怕只是一條翻肚子的金魚，都可以引發共鳴，讓一敗塗地更加深刻動人。

這個祕訣的運用方式有時候會讓你意想不到。由威爾‧法洛（Will Ferrell）主演的賣座喜劇片《精靈總動員》（*Elf*），其編導彷彿完全依照我的架構表來安排每一個轉折，而且就在我指定的地方，「死亡氣息」清晰可辨。

故事說的是威爾被一個住在北極（聖誕老公公的故鄉）的精靈撫養長大，他來到紐約尋找生父，生父由詹姆斯‧肯恩（James Caan）飾演。在爆笑又混亂的第二幕裡，編劇安排了一個很經典的反命題角色，她是威爾心儀的對象，受雇於百貨公司在聖誕佳節期間扮演精靈。但是過沒多久，可憐的威爾就遭逢人生最悲慘的夜晚，他遭到生父拒絕，

人類世界對他來說太過複雜，更重要的是，我們在劇本第七十五頁看到了他接近死亡的時刻。只見威爾駐足在橋邊，向下望著深不見底的河水，他很顯然浮現了自殺的念頭。當我坐在電影院裡看到這一幕的時候，差點大叫起來：「看！這就是死亡氣息！」還好我最後忍住了。

想想你研究過的十幾部電影，找出所有「一敗塗地」的轉折點，看看當中是否都有不同形式的「死亡氣息」？大部分肯定有。所有精采、蘊含了根本渴望的電影，都一定有這個元素，它能讓人產生共鳴是有原因的。

黎明前最深的黑暗（75-85）

故事發展到了一敗塗地的死亡時刻，但是身歷其中的主角究竟有什麼感受？答案就在我稱之為「黎明前最深的黑暗」的劇本段落裡。

它可以只是五秒鐘的畫面，也可以是五分鐘的戲，但是這個段落一定要存在，而且它非常關鍵。如同字面上的意思，這是黎明前最深的黑暗，這是主角千方百計嘗試、使出渾身解數、想出妙招來解救自己與周遭同伴的前一刻；但是在此時，主角還看不到曙光。

雖然我不懂為什麼，但我們都想在電影裡看到這樣的時刻，好比是耶穌在十字架上說：「主啊，你為什麼離棄我？」我認為所有劇本都要

有這樣的轉折，因為它攸關人性最根本、最原始的感受。我們都有過絕望、一籌莫展、喝到爛醉或愚蠢至極的經驗。比方說，我們不巧碰上汽車爆胎，但是口袋裡只剩五塊錢，只好在路邊枯坐，等著錯過一個原本可以挽救人生的重要約會。只有在這個時刻，當我們願意承認自己的卑微和軟弱，願意屈從於命運的安排，我們才會想出解決之道。也就是說，人必先遭受打擊、學到教訓，才有辦法從深淵裡爬出來。

「黎明前最深的黑暗」的作用就是如此。它會出現在喜劇片和劇情片中，是因為它非常真實，而且我們都能感同身受。在一部架構完備的好劇本裡，這一段會出現在第七十五頁到八十五頁之間。感謝主，因為到了第八十五頁，當主角終於想通了，我們將會看到他突然想到……

第三幕開始（85）

……啊，解決的辦法！

多虧副線（愛情故事）裡出現的角色與探討主題的所有對話，再加上主角最後的奮力一搏，他終於找到解決之道，擊敗了主線中節節進逼的反派。喏，解答就在這裡！

不論是主角的外在遭遇（主線）還是內在情感（副線），現在都交織在一起了。主角已經克服了種種難關，通過每一項考驗，並竭盡所能找到致勝的辦法。接下來他唯一要做的就是將所學付諸行動。

將主線與副線結合的典型手法，是讓主角從他「心儀的女孩」那裡得到一些線索，使他領悟到該如何解決「擊敗反派」和「贏得愛情」這兩個問題。

於是，解決問題的辦法漸漸形成。

一個融合正、反命題的新世界已經觸手可及。

大結局（85-110）

大結局就是一部電影的第三幕，是故事要做個了結的地方。主角會在這裡將他所學到的功課付諸行動，也會改正他個性上的缺點，讓主線和副線都圓滿收場。在這裡，舊世界被顛覆，新世界的秩序被創造出來，而這些全要歸功於我們的英雄主角，運用他在第二幕混亂的「反命題」世界裡學到的經驗，殺出一條路，迎向最後的勝利。

在大結局裡，所有反派角色都要一一處理掉，而且是按照重要性的次序，由小到大。先是小嘍囉，再來是心腹大將，最後才是大魔王。所

有問題的「根源」，無論是某個人還是某件事，一定要剷除殆盡，好讓新世界的秩序得以建立。想想你研究過的電影，統統都是這樣。大結局是新秩序誕生的地方，只讓主角迎接勝利還不夠，他必須能夠為世界帶來改變才行。所有的大結局都要做到這幾點，而且要讓觀眾在情緒上得到滿足。

結尾畫面（110）

如同前面提到的，結尾畫面應該要呼應開頭畫面。這是你提出來的證據，證明改變已經發生，主角也確實歷經蛻變。如果你還沒有結尾畫面，或是你不知道該怎麼表現它，就應該回過頭去檢查劇本，很可能是你的第二幕缺少了什麼。

總結

現在，我已經幫你整理出電影必備的十五個劇情轉折，並且列舉像《愛的大追蹤》等範例詳加解釋。相信你們這些年輕氣盛的編劇們心裡會想：老傢伙，你說的都對啦，這些規則或許適用於你那個年代，但我們現在不需要它了。觀眾不一定會想看到討喜的主角（像我們就很愛《古墓奇兵》的蘿拉・卡芙特啊），那些無聊的劇情轉折也很老套，誰還會想再看到這些東西？而且，《記憶拼圖》（Memento）[22] 又該

作何解釋！

我是否大概抓到你反對的重點了？

如果是，那麼即使我已經找到像《金髮尤物》這樣的近年電影來舉例，說明我的方法確實有用，你還是不會信我，而且永遠也聽不進去。

所以，針對你們這些固執己見的死硬派，讓我拿我最擅長的類型——保護級喜劇片為例，證明我所提出來的劇情轉折今天依然適用。喔，順便說一句，去他的《記憶拼圖》！

就讓我拿票房高達一億美金的超級賣座片來舉例，這樣你滿意了嗎？這部片有非常吸引人的海報和故事前提，外加一個超級大明星，而且還做到了我架構表裡的每一個劇情轉折。讓我們看看珊卓·布拉克主演的《麻辣女王》（*Miss Congeniality*）吧。

首先，它有個很棒的片名，再來是故事前提：一名不修邊幅、強悍得像個男人的臥底女探員，為了揪出殺人凶手，喬裝成美國小姐選美比賽的參賽者。怎麼樣？這當然滿足了故事前提必備的四大要素：反諷、激發觀眾想像、反映目標觀眾和拍片成本，再加上一個必殺片名。接下來，讓我們看看劇本架構是否也符合布萊克·史奈德架構表中的所有轉折。

《麻辣女王》

（一億美金票房的賣座喜劇片，共有十五個劇情轉折）

開場畫面：本片一開場就回溯了珊卓・布拉克飾演的主角，她小時候在操場上非常剽悍。畫面是：珊卓被幾個男孩圍住，她很男子氣，把欺負她的男孩打得落花流水。接著畫面切到了現在，珊卓的生活周遭仍然圍繞著男人，而且她的男子氣概依舊，不過現在已經是一名聯邦探員，在由男性主宰的世界裡如魚得水（算是啦）。

主題陳述：珊卓說她一點也不擔心自己沒有女人味的問題，反正她現在已經是一名探員，這番自白就是電影的主題。但她說的是事實嗎？且讓我們繼續看下去。這部電影就是要探討「女人味」這個主題。你能成為一個既剽悍又有女人味的女強人嗎？這是本片要講的東西。

布局：到了第十頁，我們已經看過每一個主線角色和舊世界裡的設定。我們看到班傑明・布萊特（Benjamin Bratt）出場，他飾演珊卓心儀的對象，但是她現在還不是他的菜，他喜歡的類型是那種珊卓看不起、卻符合大眾審美標準的女孩。我們也看到了珊卓的上司（由厄尼・哈德森〔Ernie Hudson〕飾演）和聯邦調查局的工作環境。這裡有一個強悍、充滿男子氣概的工作團隊，珊卓可以完全融入其中。雖然她是一個沒什麼社交生活的怪咖，會發出怪笑又頂著一頭亂髮，看起來倒是怡然自得。這是一個典型的布局，暗示暴風雨將要來襲，而她不

可能繼續維持現狀，否則就沒戲唱了。

觸發事件：這是一個召喚英雄準備啟程的典型例子。聯邦調查局接獲消息，有人要謀殺美國小姐選美大賽的參賽者。我們在這裡也見到了選美比賽主辦單位的負責人甘蒂絲・柏根（Candice Bergen）和她的兒子，還有選美比賽的主持人威廉・薛特納（William Shatner）和他的假髮——看起來還頗稱頭的。為了阻止謀殺案發生，局裡策畫了一場誘捕行動，要讓女探員喬裝成參賽者，混進選美佳麗中當臥底。在瀏覽過所有女探員的個人資料之後，他們選中了珊卓。

天人交戰：但是她做得到嗎？這是天人交戰的難題。珊卓和她的選美指導老師（由米高・肯恩〔Michael Caine〕飾演）有幾場逗趣的對手戲，之後答案揭曉，他同意接受這項任務，把她改造成性感女神。

第二幕開始：改造後的珊卓身穿緊身洋裝，看起來非常火辣性感，連班傑明都吃了一驚，但是當她邁開大步走出來時，卻跌了個狗吃屎。這對珊卓來說確實不容易，但是她已經準備好放手一搏了。第二幕即將展開！

玩樂時光：這是典型的「對前提的承諾」，包含了那些出現在預告片中的逗趣片段，也充分展現出電影海報上配戴手槍的女探員在選美比賽中臥底的核心概念。在這裡有一些經典橋段，像是珊卓上台表演用水杯奏樂的才藝，結果她卻為了逮住她自認為是藏在人群中的嫌犯縱

身一跳，諸如此類。此時主角表現出「水土不服」的窘境，與周遭環境格格不入而鬧出笑話。這是我們買票來看這部電影的原因，也是我們被海報吸引的地方，而且它真的很搞笑！

副線：這裡的「愛情故事」實際上是指珊卓和其他選美參賽者的關係。為什麼？因為這部片的主題是女人味，而珊卓對此還一無所知。選美比賽中充斥著各式各樣的女性魅力，每一位參賽者都有獨特的才能和個性，而令珊卓感到意外的是，她們也都喜歡她、需要她。是她與這些女孩的互動，帶出本片想要傳達的中心概念。話說回來，珊卓在電影的最後和班傑明接吻，全要歸功於這一群參賽的女孩所帶給她的學習成長，並幫助她發現自己也有充滿女性魅力的一面。

中間點：在選美主辦單位又收到一封威脅信之後，玩樂時光便宣告結束，而珊卓面對的賭注也隨之升高。我們已經看過了所有搞笑逗趣的橋段（珊卓和她的水杯奏樂），目睹過嫌犯，也愉快地欣賞了這個男人婆和其他（她一度覺得古怪的）女孩們的互動。現在，真正的麻煩才要開始。

反派的逆襲：珊卓對於自己變得更有女人味這件事產生了質疑，她與指導老師之間的衝突也愈演愈烈，而躲在暗處的反派開始悄悄靠近。雖然還沒有人被殺，但已經有幾個目標被鎖定了。

一敗塗地：珊卓被上司要求退出行動，不過她拒絕這樣做。她查到一

條重要線索，上司卻對她下了最後通牒：退出行動，否則就等著被炒魷魚。她選擇留下來參賽，也因此淪落到典型的一敗塗地，她現在比電影剛開始的時候還慘！「死亡氣息」則暗喻她的自我認同消失殆盡，如果不能做一個身配警徽的女孩，她還能做什麼呢？就連她的選美指導老師也幫不上忙，不過他倒是給了她一個終極武器：一件全新的禮服。

黎明前最深的黑暗：珊卓進入了選美決賽，情況卻一團糟。她現在既不是聯邦探員，也還不是個有魅力的女人。她該怎麼辦？

第三幕開始：靠著與女孩們之間的友誼，珊卓在決賽參賽者的幫忙下重新振作。她接納了原本一無所知的事物，也明白女孩們是真的關心她，終於重拾以往的幹勁。那群女孩也因為幫助珊卓，等於間接幫助了她們自己。

大結局：就是這場選美總決賽，典型的「綜合命題」在此出現。雖然在才藝表演開始前出了一點差錯，珊卓仍堅持下去，並要班傑明上台當人肉沙包，讓她展現身為一個聯邦探員的搏鬥身手。這時，「命題」和「反命題」的世界結合在一起，回答了主題陳述時點出的問題：沒錯，她的確可以成為一個幹練又性感的女人。珊卓現在抓到了壞蛋，也就是甘蒂絲和她的兒子。（甘蒂絲扭曲的觀念導致她決心要破壞這場選美比賽。）珊卓已經證明自己是女人中的女人，並且將壞蛋繩之以法。

結尾畫面：《麻辣女王》的結尾畫面與開場畫面正好相反。珊卓被一群女人包圍，她在選美比賽時認識的姐妹們頒發了「最佳人緣獎」給她，這真是天大的轉變！

皆大歡喜的結局：美國國內票房突破一億美金。

現在你知道這個架構表多有用了吧，不妨試著將這些劇情轉折運用到你的劇本裡。

練習

1. 把史奈德架構表印出來並隨身攜帶，無聊的時候拿你最喜歡的電影來試試，看你是否可以拆解這部片的架構，並且用簡潔的一句話來描述每一個劇情轉折。

2. 再跑一趟影片出租店（老天，他們大概快被你煩死了），挑選六到十二部與你正在寫的劇本類型相同的電影，看看這些片子是如何神奇地滿足架構表裡的十五個劇情轉折。

3. 如果你還想挑戰加分題，就去看《記憶拼圖》吧。沒錯，它是一部很娛樂的電影，甚至也可以歸到「小人物遇上大麻煩」這個類型，但是它適用史奈德架構表嗎？還是說整部片的架構就只是一個噱頭，並不適用於其他任何電影？**提示：**既然《記憶拼圖》曾引起這麼多騷動，要不要猜猜看它是花多少錢拍出來的？

如果你是真心想辯論《記憶拼圖》在現代社會中的價值，請儘管放馬過來。不過你可要先做好心理準備，因為我知道它是花多少錢拍出來的。

5. 電影編劇的
航海指南：情節板

如果我們夠幸運，生命中就會遇到貴人，這些人比我們有智慧，而且令人驚喜的是，他們願意對我們傾囊相授。麥克・切達就是在我進入編劇這行之後遇到的第一位貴人。二十年來，他發現、理解和解決劇本問題的能力，每每令我嘆服不已。

在我第一次遇到麥克的時候，他是巴瑞恩萊特電影公司（Barry & Enright）的開發部總監。他也在迪士尼擔任過同樣職務，並且曾是 HBO 和 Once Upon A Time 製作公司的開發部副總監。多年來，麥克開發了上百部電影和電視影集，而且他通常從概念發想到拍製完成都會全程參與。他不僅在電影公司擔任主管，自己本身也是編劇（應該要有更多開發部門的主管來親自試試才對）。由小古巴・古丁（Cuba Gooding, Jr.）和史基特・尤瑞奇（Skeet Ulrich）主演的《急凍任務》（*Chill Factor*）就是他的作品。

無論麥克・切達去到哪一家公司，也不管他的頭銜究竟是總監、編劇還是製片，他都有將故事點石成金的神奇本領。在諸多豐功偉績之中，他曾為派屈克・史維茲主演的《血海翻天》（*Next of Kin*）解決了劇本難題。這部片雖然是電影公司花了百萬美金高價所買下的原創劇本，但是在主管批准開拍前，劇本裡仍有些棘手的難題需要克服，而麥克正是想出解決之道的人。他甚至曾將他靈光乍現的「事發地點」指給我看。

有一次，我們正為了某個劇本傷透腦筋，想不出該怎麼修改劇情裡的問題，沮喪萬分，決定休息一下、出門透透氣。在我們行經世紀城購物中心的時候，麥克忽然在人行道上某塊「神聖」的地磚上停了下來。他說，自己原本完全被修改《血海翻天》的各種爛點子卡住，所以出門散步沉思，結果就是在這裡想到了好辦法。「我突然覺得，就是牛仔和印第安人了！」果不其然，在他向《血海翻天》的製片報告過後，這個靈感正式定案成為劇本改寫的方向。

在麥克的編劇生涯中有許多這樣的時刻。他就像研究弦論的物理學家一樣，孜孜不倦，永遠在精進他的說故事技巧。他的思考方式看起來很瘋狂，但其實幾乎每次都是在極其努力之後得到啟發。

我前陣子才又遇到麥克，問他最近有什麼新的電影構想。只見他從小背包裡拿出一個素描本，欣喜若狂地將它翻開。攤開來的素描本比普通紙張擁有更大的空間，中間是裝訂用的螺旋線圈；橫跨素描本的兩半共畫出三條水平線，分隔出上下四個長條區塊，每個區塊都貼了許多從其他地方剪下來的四方形紙片，每張紙片都是他正在創作中的劇本裡的一個場景。

「可以隨身攜帶，很方便。」麥克像個瘋狂科學家，格格笑了起來。

「啊，是情節板！」我說。

然後我們都不禁點頭致意。

是的，情節板！

我與情節板的初相遇

情節板是電影編劇最不可或缺的隨身配備，重要性僅次於紙、筆和筆電。這麼多年來，每當我走進其他編劇的辦公室，看到情節板掛在牆上，總忍不住會心一笑，因為我知道又有人在為某個劇本頭痛不已。

情節板可以有各種形式和大小：布滿粉筆擦寫痕跡的黑板、插滿了圖釘和字卡的軟木塞板，甚至在出外景期間，為了能及時調整劇本，你還可以將筆記本內頁撕下來，用膠帶貼在旅館房間的牆壁上。

情節板非常好用，但是在我所知道的編劇課程中，卻還沒聽說過有誰在教這個好工具。

管他的，我們就來談談它！

我第一次看到情節板，是二十多年前在麥克‧切達的辦公室牆上，那時他還在巴瑞恩萊特電影公司任職。儘管我已經受僱寫過幾個電影劇本也領到了編劇費，但我其實還很菜，從來沒見過情節板，也想像不

出它能有什麼用。你不就是坐下來開始寫，讓場景出現在它們應該出現的地方就好了嗎？不就是放手去寫嗎？

我原本都是這樣做的。

但是，多虧了「情節板大王」麥克・切達，他不只帶我認識了用情節板規畫劇本的重要性，也教我怎麼用它來檢視並強化我的故事。從那時候起，情節板就成了我經常使用的工具。

我的做法是，掛一大塊軟木塞板在牆上，讓我可以盯著看，然後把劇情轉折都寫成字卡，再用圖釘釘在情節板上，這樣就能隨意調動它們的位置順序。多年來我累積了一疊又一疊的字卡，用橡皮筋綑住再歸類，分別收進「已完成」或「未完成」的劇本檔案夾裡。每當我想重新檢視一部劇本時，就從檔案夾裡拿出字卡，釘在情節板上，看著先前讓我卡住的地方，決定是否該打電話找麥克求助。

情節板能讓你在動筆前先「看到」你的電影。你可以用情節板來測試不同的場景、情節、梗、對白和故事節奏所達到的效果。雖然不是真的在「寫」劇本，而且在此階段設計的劇情之後還是可能被推翻，但情節板可以將你的完整情節視覺化，幫助你在下筆之前先處理好所有劇情不流暢的地方。對我來說，這是編劇的利器。

不過，情節板最大的好處還是下面這兩點：

- 它是有形的東西。
- 它會花掉你非常非常多的時間。

用情節板做規畫並不是在鍵盤上敲敲打打，你會用到筆、字卡和圖釘這些看得見、摸得到的東西，而且還可以隨意更換和移動。

我有提過你會在這上面浪費多少時間嗎？

你可以花整個下午在文具店挑選大小合適的軟木塞板，隔天再花一整個上午思考該把板子掛在哪個地方。你可以隨身攜帶字卡，放一疊在口袋裡，然後去星巴克點杯咖啡，坐下來把橡皮筋拆掉。光是將字卡重新排列組合就可以花掉你好幾個小時，為的是安排各種場景和橋段的先後順序。這真的很棒啊！

不過最棒的部分是，當你一頭栽進這個看似荒唐又浪費時間的工作中，你的故事也會以另一種形式滲透進你的潛意識裡。想到一段精采的對白？把它寫在字卡上並釘在情節板上可能適合的位置。想到某場追逐戲的梗？寫下來釘在板上仔細瞧瞧。

不只如此，這種做法還可以創造出一個沒有壓力的創作環境——再也不會有一堆空白頁等著你去寫了，取而代之的是小張小張的字卡，而且，要把小字卡填滿真的是非常簡單的事啊。

一切聽起來都很好，但是你會問：我該怎麼做？

我！我！我！

好吧，現在我們就來談談你和你的情節板。

填寫第一批字卡

買好你覺得尺寸和形式最適合自己使用的板子，把它掛起來瞧一瞧。

一塊空白的板子，對吧？現在，用三條長膠帶將它上下分成四等分。如果你願意，當然也可以直接用麥克筆畫線。不管用什麼方式，它看起來應該像這樣：

第一幕（pp. 1–25）
第二幕（pp. 25–55）
第二幕（pp. 55–85）
第三幕（pp. 85–110）

第一行是第一幕（pp. 1–25）；第二行代表第二幕的前半段到中間點（pp. 25–55）；第三行是中間點到第三幕開始（pp. 55–85）；第四行是第三幕到結尾畫面（pp. 85–110）。

看起來很簡單是吧？嗯，它的確應該要如此。使用情節板就像玩遙控賽車，一回生二回熟，沒多久這個賽車場裡的每一個直線道和拐彎，就會變成你駕輕就熟的場地了。

你很快會發現，每一行的尾端都是劇情的轉捩點。「第二幕開始」、「中間點」和「第三幕開始」分別出現在第一行、第二行和第三行的尾端，也是劇情出現重大轉折的地方。這樣的架構完全符合我心目中好劇本該有的樣子。如果你相信席德‧菲爾德所教的那一套，也就是每一次轉折都要讓劇情朝新的方向發展，那麼情節板可以讓你清楚看到每個轉折所在的位置。

現在，我手上正握著一疊全新的字卡，每張卡片都還乾乾淨淨。（對了，把字卡的塑膠包裝紙拆開的過程也很好玩哪！）幾支麥克筆和一盒彩色圖釘也就定位了，我要開始製作第一張字卡。為了再消磨一點時間，我通常會在某張字卡上寫下片名，把它釘在板子的最上方，再退後一步端詳。短短幾個星期或幾個月之後，情節板上就會布滿密密麻麻的字卡、箭頭、各種顏色的符號，以及只有你自己才看得懂的註記。不過現在，板子還是乾淨空白的。

趁現在好好享受這片空白吧。

好，時間到！我們要開始囉。

理論上，你可以在字卡上愛寫什麼就寫什麼，但實際上，每張字卡代表一場戲，或是我們稱之為一個「場景」。等到情節板完成時，你會有剛好四十張字卡——跟我說一遍，四十張，不能超過。但在現階段，讓我們把標準放寬一點，你愛用多少就用多少，如果字卡用完了，就再跑一趟文具店，多買一些。時間就該浪費在美好的事物上，放手去做吧！

你最後留下來的四十張字卡，內容會很簡單，每張卡片代表一個場景。所以這場戲會發生在哪裡？它是內景還是外景？它是涵蓋了不同地點的追逐戲嗎？如果你知道這個場景該有的樣子，不妨用麥克筆寫下來：

內景：喬伊的公寓——白天。

每張字卡上也應該要有那場戲的主要動作，並用最簡單的句子陳述出來，例如：「瑪麗告訴喬伊她想離婚。」更具體的細節稍後再寫就好。現在字卡上的場景描述大概會像這樣：

內景：喬伊的公寓——白天
瑪麗告訴喬伊她想離婚。

+/-

> <

無論你想講的是怎樣的故事，都要先將你認為最精采的場景寫下來，這些是你確定會放進電影裡的場景，也是一開始激起你寫這部電影的動力。

就我而言，它們常會是一些搞笑的橋段，後面緊接著介紹主角登場的精采好戲或結局。總之，在字卡上寫下你想到的每一個點子，把它們釘在情節板上你認為這些場景該出現的位置；也許到最後它們會被移到別的地方或是被刪掉，但光是把想像中的場景在情節板上呈現出來，那種感覺就已經很棒了。瞧，它們就在那裡，爽啊！

接著，來看看你到底有些什麼。

情節板上還有一大堆空白，天啊，你真該慶幸自己還沒有開始動筆寫劇本。所有你覺得精采至極、非寫不可的橋段，其實並沒有你想像的那麼多，況且把它們寫出來釘在板子上，也不代表故事就此成形。所有在你腦海中的場景畫面，包括電影的震撼開場、中段的追逐場面，或是充滿戲劇張力的對決時刻，在情節板上只占了一小部分的空間而已，若沒有其他的劇情鋪陳做支撐，看起來會顯得單薄。如果你想看到這些精采場景被拍出來，而且有存在的理由，那麼還有很多工作等著你完成。接下來，難搞的部分要開始了。

轉捩點

你必須要搞定的第二批字卡，是劇本裡的所有轉捩點，包括了中間點和兩次換幕。

你現在已經會用「布萊克・史奈德架構表」了，也知道劇情轉折的安排有多重要，儘管你可能有自己的一套作業方式，但我總是會先釐清所有的轉捩點。

我會先從中間點下手。如同前一章所提，中間點必然是一個高點或低點，也就是說，你的主角在第五十五頁會獲得令他目眩神迷的勝利假象，或是一個讓他跌到谷底、眼冒金星的失敗假象。在很多情況下，先把中間點定好，有助於指引你接下來的方向，這也是你必須優先確定下來的事。大多數人都可以搞定第一次的換幕，也就是「第二幕開始」這個轉折點，因為整部電影的設定、主角將要經歷的旅程（或至少是旅程的開始），通常是你最早在腦海裡成形的畫面。但是第二幕開始之後劇情要如何發展？中間點會告訴你方向。這是為什麼你需要先想好中間點，這一點非常重要。

一旦中間點確定下來，一敗塗地也就沒那麼難了，因為它是中間點的反面。至於中間點的高峰或低谷要如何發展成一敗塗地的失敗假象或勝利假象，這需要你花時間思考，設計出這兩個轉折點之間的對應與搭配，所以不妨放膽一試吧。若你能搞定這兩個地方，從第二幕進入

到第三幕的換幕就不會太難了。現在，你的情節板開始有料了，它看起來應該會像這樣：

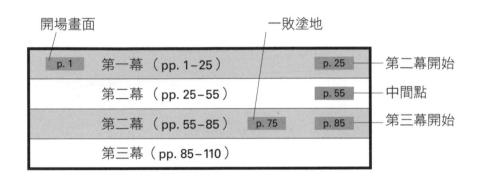

兩個難題：刪字卡與補洞

以我自己為例，在使用情節板時會犯的最大錯誤就是，寫在字卡上的內容有時候並不是劇情轉折，也不是實際上會發生的場景。

在初期階段很容易會犯這種錯，尤其是在設計第一幕的布局和橋段的時候。我通常會給自己三到四張字卡的空間來完成前十頁的劇本，這表示在進入觸發事件之前，會有三到四場戲供我鋪陳。但許多時候我會看到情節板上釘了七、八張字卡，一張上面寫著「主角被誤判了重罪」，旁邊一張又寫著「主角愛玩薩克斯風」等等。呃，這些都是主

角的背景說明，而非場景。這些字卡最後都會歸納到一張標示著「主角登場」的字卡上，也就是主角上場、觀眾初次見到他的那場戲，這才是一個實際上會發生的場景。

如同前一章所提，許多的背景說明、人物性格與場景，都需要先布局。你所有的巧思最後都會化成一張張字卡，在情節板上的每一行排列開來，就像是尖峰時段的高速公路被汽車塞滿。但是你不用擔心，我們最後會再回來刪減字卡的數量。重點是，在現階段你要把所有想法都寫下來，這是你該大膽嘗試的時刻，要思考「所有的」可能性，並把所有材料構想都釘到板子上，看看會變成什麼樣子。

在情節板上設計連續場景的時候，你可能會感到困惑。比方說，一場追逐戲可能會橫跨好幾個景，從內景到外景都有，但其實它只是劇情裡的「一個轉折」而已。所以通常會發生的情況是，你用了五、六張甚至七張字卡來呈現一場有連續場景的戲，而這些字卡最後都會濃縮到一張。截至目前為止，你的情節板看起來會像這樣：

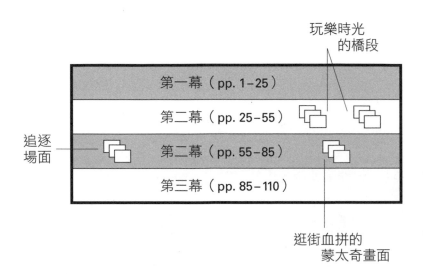

使用情節板的一大優點是，你很容易知道問題在哪裡。當情節板上出現一塊空白，也就是劇本裡有個地方你不知道該如何與前後段落銜接，你很快就會發現，因為板子上有那麼大一個洞在盯著你看。這時候你只需要對著板子哭就好了。相信我，那些空白會留在那裡，時時刻刻、日復一日對你竊笑：「怎麼了布萊克，想不出來嗎？是不是『劇情』出了點問題呀？」但無論如何，至少你知道洞在哪裡，也知道必須要把洞補起來。

每一行到最後都有九到十張字卡要填，而你非得想出這些內容不可。

發展第三幕

在排列字卡時你會發現，一開始你的第三幕幾乎總是空盪盪的。通常那裡只會有兩張字卡，一張寫著「主角想出辦法來了」，另一張則是「一決勝負」。

哈！每次看到這個我都很想死。

而你也總是會想辦法拖延不去處理。

其實用不著太驚慌。

這部分到最後也會有辦法克服，你終究會靈感泉湧，慢慢將第三幕的內容填滿。如果情況並非如此，那麼你應該回頭檢視第一幕的所有布局和「需要彌補的六個缺憾」，看看這些待解決的問題在第三幕是否都有了令人心服的答案？

如果沒有，那它們必須要有。

此外，你的副線呢？這部分無論是愛情故事還是用來陳述電影的中心主題，也都必須要有解答。事實上，你愈是想將各支線、反覆出現的意象和主題等未完成的部分收尾，你就愈瞭解到第三幕是算總帳的時候，先前的所有伏筆都要在此得到解答，否則你還能在哪裡做這些事

呢？（難不成你想在戲院裡發手冊解釋劇情嗎？）

壞蛋又該怎麼處置？在你幹掉大魔頭之前，是否已將他所有的手下都解決掉了？所有攻訐和打擊主角的人也都嘗到因果報應了嗎？這個世界是否已經因為主角的行動而改變？很快你就會發現，板子上第三幕那一行，已經釘滿了回答這些問題的場景，而你最後應該要用到九到十張字卡。

我保證。

為情節套色

接下來要做的事很酷，而且會花掉你很多時間！

但這個步驟也真的很重要。你需要能夠「看到」各個角色的劇情線是如何展開與交織，才有辦法順利修正當中的問題。這時候輪到彩色麥克筆上場了，你可以用顏色來區分不同角色的故事：關於梅格的部分用綠色，關於湯姆的部分用紅色，諸如此類。

當你把它們全都釘上情節板之後，就能一眼看出這些角色之間的故事是如何交織，也能判斷你的情節設計是否需要再做修正。在這一刻你會發現，你根本無法想像如果沒有情節板，故事該怎麼編。只有當你

看見所有劇情轉折實際排列出來的情形，才會意識到邊寫劇本邊處理這些問題，真的會是惡夢一場。

劇本的核心就是它的架構，必須要像瑞士鐘錶一樣精確，牽引觀眾的情緒。當你看到不同顏色的字卡交織在一起，你就能瞭解到事前規畫的重要性。

另外還有其他地方也可以用顏色註記：

- 劇情中每次出現強調主題或是重複意象的地方，都可以用顏色標注。
- 次要角色的劇情線用不同顏色的筆來寫，會更方便追蹤。
- 在主、副線之外的其他支線，也可以套色。

當你終於將各種顏色寫成的字卡排列妥當，試著退後一步，欣賞自己的傑作吧！

這一切工夫其實都是要幫你節省時間。編劇過程中最糟糕的情況，莫過於劇本寫到一半，卻還在為情節順序傷透腦筋。在情節板上檢視和移動字卡，要比刪改你寫好的大段文字容易得多。況且，刪掉自己的心血結晶總是件痛苦的事。但若在事前做好組織規畫，寫起劇本就會比較輕鬆愉快。

抽絲剝繭

在你完成的情節板上，必須要有四十張字卡，換句話說，每行應該要有十張左右。如果你的情節板上只有二十張字卡，或是多達五十張，那就有問題了。

大部分的情況是，你會放進太多東西，而現在就是將理論拿來實際應用的時候了。你需要檢視字卡上的每一個劇情轉折，判斷某些情節或某些希望達到的效果，是否可以合併到其他場景去，或者乾脆刪掉。如同我先前提過的，我也有地雷區，布局對我來說一直都是大工程。有時候，一開始我會有二十張字卡占據情節板的第一行，因為要交代的細節實在太多，以致於我寫過了頭。不過之後我會衡量這些情節能否合併或刪除。如果我夠誠實，願意承認某些情節是沒有必要的，我就會開始刪，最後刪到剩下九張字卡。

這樣剛剛好。

我也會有很多連續場景的戲，像是追逐場面或動作橋段的字卡常會釘得到處都是。這也不難處理，只要在那個區塊寫上「追逐場面」幾個字就好了，無論有多少場景涵蓋在裡面，把它看成是一場戲即可。從情節進展的角度來看，它就只是一個轉折而已。

有些地方的情節可能太過單薄，像是「反派的逆襲」，我通常會先放

著不處理。那些暫時想不出來要怎麼設計的段落,我偶爾也會讓它們空在那裡,期待寫劇本的過程中能有奇蹟出現。在內心深處,我很清楚知道這些問題早晚都要面對,而把所有劇情轉折都攤開在情節板上,可以讓我知道問題出在哪裡。

「+/-」和「><」

現在,四十張字卡已經全數釘在情節板上了,你也很確定劇情會照這樣的安排走,於是你以為大功告成了,但其實還沒完呢!在你開始寫劇本之前,還有兩個很重要的東西必須出現在每一張字卡上:一個是「+/-」記號,另一個是「><」記號。

這兩個記號要列在每張字卡的下方,用你還沒有用過的顏色填寫,看起來大概會是這樣:

> 內景:咖啡廳──白天
> 鮑伯質問海倫對他隱瞞了什麼祕密。
>
> +/- 一開始鮑伯滿懷希望,結果卻令他失望。
> >< 鮑伯想知道她的祕密,海倫卻不能告訴他。

「+/-」記號代表了每一場戲必要的情緒轉折。你要把每一場戲都看成

是一部微電影，它有開始、中間和結尾，而且必須要發生某些事情來引發明顯的情緒變化，它的調性會從「＋」到「－」（高昂到低迷）或者是顛倒過來，就像一部片的開頭畫面和結尾畫面總是相反的。

我要告訴你，這樣做可以幫助你刪掉貧乏無力的場景，並確認所有留下來的場景都有明確的事件發生。舉例來說，在某場戲的開頭，你的主角很狂妄臭屁，他是律師，剛打贏一場重要官司，緊接著他的妻子登場，告訴他既然官司已經打完，現在她要離婚。很明顯的，你的律師在開始的時候情緒是正面的（＋），後來卻變成負面的（－）了。

信不信由你，每場戲都必須要有情緒轉折，如果沒有，就代表你不清楚這場戲在講什麼。在你有辦法幫所有四十個場景（共四十張字卡）都填上情緒轉折之前，不要開始動筆寫劇本。如果有某張字卡你實在想不出個所以然來，就把它丟掉，因為這場戲八成有問題。雖然如羅伯特‧麥基等不少人認為，「＋」和「－」的記號應該要串連出「＋－/－＋/＋－/－＋/＋－」這樣波浪狀的規律，來呈現情緒的高低起伏，但我覺得這有點太過頭了。其實只要確保每場戲都有事情發生並呈現出來，也就足夠了。

另一個記號「＞＜」代表衝突。為了要瞭解衝突是什麼，我很喜歡想像這樣一個畫面：燈亮了，兩個人各自從兩扇相對的門走進房間，在中間狹路相逢，他們都想繞過對方走向另一邊的門，卻互不相讓。雙方都有各自的目標，卻成為彼此的阻礙，這就叫衝突。

無論是肢體衝突或口角，或者不過是某個尿急的傢伙想往廁所跑，衝突都該是你每一場戲的首要考量。那些最基本的衝突，你在高中課堂上學到的「人與人對抗」、「人與自然對抗」、「人與社會對抗」這些東西，都可以運用到劇本裡。

在每一個場景開始的時候，你必須要搞清楚這場戲的主要衝突是什麼，以及是誰在找誰的麻煩。每個人都有他的既定目標，這些目標是什麼？當他們遇到阻擋的人，雙方會產生怎樣的矛盾？你一定要在字卡的「＞＜」欄位，填上誰和誰起了衝突、他們之間產生了什麼問題，以及最後是誰占了上風。

如果一張字卡裡不只有一個衝突，那就表示你有點混亂了，你的場景恐怕也是一團亂。一場戲只能有一個衝突，拜託，一個就夠多了。

不管它是重大事件還是雞毛蒜皮的小事，是肢體還是心靈層面的衝突，總之，一定要有衝突，而且每一場戲都要有。如果你還沒有想好衝突，就想辦法創造一個。

為什麼衝突重要到每場戲都必須有？因為它很「原始」。（這兩個字又出現了）。用常識去想，每場戲都有衝突發生，就保證能抓到觀眾的注意力。為什麼？因為我們都愛看別人陷入衝突，它能挑起我們的神經。為什麼摔角比賽是美國最長壽的電視節目？因為在比賽中雙方都想殺了對方，你能從中得到最原始的刺激和娛樂。為什麼大部分的

電影都有愛情元素？因為兩個人都想和對方上床，而性所隱含的衝突是出於人性本能，而且非常迷人。在明白衝突的重要性之後，你的每一場戲都必須滿足這種基本而原始的需求，好維持觀眾的專注力。

如果一場戲裡的人物沒有任何衝突，這場戲就不算完成。這時你應該要把衝突找出來，或者重新評估，或者乾脆……刪掉它。

如果你真的刪了，別哭，不過就是一張字卡而已。

可以準備動筆了

等到上述工作都完成了，情節板的第一行應該會有九張字卡，第二行九張，第三行九張，第四行也九張，等等，這樣總共才三十六張卡片！

這個嘛，我知道有幾場戲你無論怎樣都無法割捨，所以多給你四張字卡的額度。你想把它們安插在哪都可以，這時就不必太拘謹。不過，你手上該有的（也是你需要的）就是四十張字卡了。

一個規畫完美的情節板並不會讓你加分，即使你從安排字卡中得到樂趣，或是沉醉在充滿戲劇性起伏的精采情節中，你一定要醒過來問自己一個問題：「我的工作到底是布置情節板，還是做電影編劇？」

如果你的情節板太過完美，或者你在這上面花了太多時間想要讓它更完美，那麼你就不是在做準備而是在拖延時間了。別這麼做。事實上，我幾乎都是在情節板差不多快完成、但還不盡完美時，就開始動筆寫劇本。這有點像是做果凍，你要趁它在模具裡還沒完全變硬之前，就開始下一個步驟。當我發覺自己沉迷於圖釘和字卡的世界，我就會警覺該就此打住。

對我來說，速度永遠是關鍵，情節版的作用就是幫我順利進入寫作階段。當我把四十張字卡統統安排妥當，陳列在情節板上，也填滿了每一張字卡的「+/-」和「><」，我知道自己已經盡全力做好準備。現在，我要把圖釘、字卡和筆全都擺在一邊，開始打字了。（突然間，打字的感覺變得超棒！）

雖然利用情節板為劇本打底很重要，但這只是我跟自己玩的一個小遊戲，是用來熱身的練習，幫助我將各個片段、劇情轉折、場景和連續場景存進我的腦海裡，讓我能隨意取捨它們，而不是被任何東西綁死。等到真正動筆的時候，我就必須將它們全部拋諸腦後。

有多少次我完成了情節板，卻在寫劇本時將之前的規畫全數推翻？有多少次我在寫劇本時愛上某個配角，甚至將他（她）躋身為主角之一，但是這個小角色當初根本不在情節板的規畫中？嗯，這種情況發生太多次了。這就是實際上會發生的事。情節板可以幫助你在上戰場前做好萬全準備，使你有機會去測試你的想法是否可行，把重要的概

念存進腦海中，將不重要的部分篩去。

最後提醒

事實上，從你打上「畫面淡入」的那一刻起，情節板就不再有作用了。但我希望你做的事前功課能持續在你腦海中發酵，在寫作過程中一路相隨。你需要銘記在心的幾點是：第二幕要從第二十五頁開始、中間點和一敗塗地要先確定下來、每一場戲都要呈現衝突。就算你迷失了方向，只要牢記這些要點，你的劇本架構就會保持穩固。當你開始寫劇本，記得讓這十五座島嶼都在你的視線內，它們將引領你一路到「劇終」。

把情節板（這本「航海指南」）掛在你工作房間的牆上，它能適時發揮指引作用。萬一你迷失了方向，想不出接下來該寫什麼，你永遠都能回頭查看情節板，設法將劇情駛回正軌。寫劇本最糟糕的就是沒寫完，因為半成品絕對賣不出去，而事先在情節板上做好規畫，就是避免這種情況發生的最好辦法。

我的祕密武器

當然，如果我真的完全卡住了，我會打電話向麥克‧切達求救。

我會哀嚎說：「麥克啊，我不知道反派的逆襲這部分到底出了什麼問題，你能幫我看一下嗎？」接著我會把我寫的東西用電子郵件傳給麥克，然後前往日落大道的歐洲爛人咖啡廳去吃頓貴死人的午餐，非常安心地相信某人正在處理我的棘手難題。麥克是我在好萊塢認識的人當中，唯一會去讀你寄給他的東西還知道要怎麼修改的人，他甚至會給你詳細的意見。不過他也是個自作聰明的傢伙，但我喜歡他這一點（這會讓我隨時警惕自己）。在你吃完了昂貴的午餐，也和老闆娘打情罵俏過了，趁自我感覺還很良好的時候打電話給麥克，你會知道自己有了麻煩，電話那頭傳來的第一句話會是：「你在開玩笑對吧？」

如果你也想找麥克‧切達尋求編劇方面的意見，可以連到以下的網址 http://www.mikecheda.com 並寫信給他；若你想請他閱讀並分析你的劇本，收費是一次五百美金 [23]。我認為這個價錢真的太划算了，我每次都叫他再漲價。如果你問我，我覺得他應該要一部劇本收費五千美金才對。在《創意編劇》（*Creative Screenwriting*）雜誌上有一篇關於麥克的文章，把他喻為編劇界的「費爾醫生」，提供詢問者各種寶貴的意見。我認為這個說法太低估了他，對我來說，幾乎所有關於編劇的寶貴知識都是得自他的真傳，他永遠是那個對我傾囊相授的人。

總結

我已經解釋完編劇的所有準備工作。如果你為了聽我說這些早就迫不及待，那麼你現在終於可以打上「畫面淡入」，開始動筆了。

興奮吧？

你應該要覺得很興奮，不過，不妨先用以下這份清單來確認自己是否已經做好了萬全準備。

1. 你已經有了一個很好的構想，我是指一個「必殺」構想，也有了必殺片名和一個必殺故事前提，你也拿朋友和陌生人做了市調，而每個人都等不及想看你的電影。

2. 你事前已經完成了「電影類型」的練習，瞭解你的電影是屬於哪一種類型，也看過並研究了近二十年同類型的好萊塢電影。你知道這些創作者哪裡犯了錯、哪裡做對了，更重要的是，你知道要怎麼做才能讓你的劇本更上一層樓，它會是「給我同一套，但又不一樣」。

3. 你已經找到最適合這趟冒險旅程的完美主角，他能在你設定的情境中提供最具張力的衝突、最漫長曲折的心路歷程，而且也最討大眾喜歡。你還為主角設定了一個最原始的目標，和一個想阻撓

他達成任務的最佳反派。

4. 最後，你用了「布萊克·史奈德架構表」架構出你的電影，也把所有精采場景都放上情節板。你實驗過很多點子、主題、情節，將它們全部濃縮到四十張字卡上，每一張字卡都標注了這場戲頭尾的情緒轉變（+/-）以及發生的衝突（＞＜）。

哇！老兄，你真的做好準備了，怎麼還不趕快開始寫？

在你寫劇本的過程中，我們會在一旁守護著你，為你加油打氣。當你潛入海洋、進入內心的潛意識深處，我們會從碼頭設法把氧氣輸往在深海的你，讓你無後顧之憂。別忘了，在現實生活中，你也能從朋友和親人那裡得到類似的支持。因為當你深陷自己一手創造的故事、試圖捕捉一些想法和感受的時候，你必須相信，在真實生活中也有人可以當你的靠山，讓你有所依靠。

海底下的景觀很奇特，你將會發現各種奇妙怪異的事物，也會對你的能力和這一趟絕佳的體驗感到驚喜。但是過程中危機四伏，懷疑和焦慮的陰影不時襲來，而且它們會折磨你，讓你害怕根本不存在的東西。為了一路抵達「劇終」，岸上必須要有可以拉你一把的人，他是值得你信賴，也是能支持你堅持下去的朋友。

無論你有沒有碰過這樣的狀況，我們都會在碼頭上等你，並且祝你好

運。身為編劇的我們期望看到你達成任務，而且贏得漂亮。我們完全
瞭解你在海底三萬呎會遭遇到什麼，也要你別太擔心。當你做好萬全
準備，獨自深入到黑暗世界裡時，我們會預祝你能突破自我，一路闖
關成功。在等待你上岸之際，我們會自己打發時間，聊一些關於編劇
這行的趣事。

祝你好運，一路順風。敬電影編劇！

練習

1. 從你之前填寫的架構表中，挑出一部與你的劇本同類型的電影。
   將這部電影的每一場戲都摘要在字卡上。如果你還沒有去文具店
   採購，不妨用最簡便的辦法，像是麥克‧切達使用的攜帶型情節
   板。

2. 從你最愛的電影中找出幾場戲，分析其中的情緒轉變（+/-）。
   開始的情緒是怎樣，結尾又是怎樣？它們會是相反的情緒嗎？

3. 現在，用同樣那幾場戲來分析當中的衝突（> <）。在這場衝突
   中互相對立的角色是誰？最後又是誰獲勝？這幾場你最喜歡的
   戲，是否也是電影裡最具衝突張力的地方？是否衝突愈大就愈吸
   引人？

6. 編劇物理學的
八個不變法則

我寫這本書是出自一個單純的渴望：我有一堆超犀利的電影編劇法則，希望大家都知道是我發明的。

好了，我終於說出口了！

這些都是我和我的編劇搭檔多年來收集到的編劇法則，而且我愛死它們了！對我來說，編劇既是一門藝術，也是一門科學，它是可以量化的。所有的好劇本都遵循了固定的法則，它們有些甚至是永恆不變的定律。（去看看喬瑟夫・坎伯的書就知道了。）

當你電影一部接著一部看，這些真理會逐漸變得清晰明朗。每當你清楚看透某一條編劇法則時，你總會忍不住大喊：「我發現了！」你恨不得可以插一支旗子，宣示這個重大發現是屬於你的。

然而，它並不是你的。這些法則並不是任何人「發明」的，它們早在你我發現之前就存在了。不過，每當我又收編一個新法則，我都會欣喜若狂。

我實在太愛這些「編劇物理學」的不變法則了，愛到我想用整本書來討論它們——不過，常識阻止了這股衝動。在切入最精采的部分之前，我必須先將整個編劇過程從構想到執行都好好解釋一遍，這樣大

家才聽得懂我在講什麼。

你是不是很高興我已經這麼做了？

儘管接下來要講的東西對我來說是餐後甜點，是樂趣，也是我寫這本書的真正理由，但是你們當中一定還是有人會對我嗤之以鼻。沒錯，有一小撮人會對我的編劇法則提出質疑。

他們是會反抗體制的那種人，心心念念只想自創規則，其餘免談。每當有人跟他們說有些事不能做，他們就偏要去做。

你也知道……這就是編劇的本性！

對那些質疑我的人，我會說，幹得好！不過也容許我稍微炫耀、自我膨脹一下，好讓你知道我有多聰明，早在你想否決這些法則之前我就先發現它們了。不過你也要記住，學習這些法則的真正目的，是為了有朝一日你可以超越它們。在畢卡索成為立體派大師之前，他必須精熟基本繪畫技巧，只有先靠紮實的基本工建立權威和口碑，他才有創新揮灑的空間。所以，在你成為電影編劇界的畢卡索之前，先看看我的八大編劇法則吧！

先讓英雄救貓咪

「先讓英雄救貓咪」既是編劇法則也是本書書名，但我沒想到它竟出奇地引人爭議！雖然很多看過本書的電影編劇對這個概念大表佩服，卻也有少數人被嚇到，認為它是我有史以來最爛的想法。有很多人覺得，我在〈前言〉裡以《激情劊子手》為例的「救貓咪」法則早已過時，而本書在各方面都算實用，唯獨這個建議最糟糕。不只如此，他們覺得讓主角「討人喜歡」這個想法，既噁心又無聊，不過是討好觀眾的伎倆罷了。

讓我們複習一下，「先讓英雄救貓咪」法則是這麼說的：「主角在登場的時候必須做點什麼，好讓觀眾喜歡他並希望他贏得勝利。」這意思難道是說，每部電影都要安排一個讓主角捐錢給盲人之類的橋段，才能搏得觀眾的好感和認同嗎？不是的，那只是字面上的意思。為了回應那些嚴苛批評我的人，容我做個補充說明，「先讓英雄救貓咪」真正的涵義是：

編劇必須要讓觀眾打從一開始就對主角的困境感同身受。

為了更進一步解釋，讓我們來看一部絕不是為了討好觀眾而拍的電影：《黑色追緝令》。基本上，我們在第一場戲就初次見到約翰·屈伏塔和山繆·傑克森（Samuel L. Jackson），他們是這部電影的「英雄」，也是染上毒癮的殺手（還留著很醜的髮型）。

編導昆汀‧塔倫提諾（Quentin Tarantino）在我們初次見到這兩個可能會
不大討喜的傢伙時，做了一件很聰明的事——他把他們塑造成好笑又
有點天真的角色。他們討論法國麥當勞賣的各式漢堡的名字，很無厘
頭又有點孩子氣，讓我們一開始就喜歡上他們；即便他們就要去殺
人，我們還是會站在他們那一邊。就某種程度來說，塔倫提諾絕對遵
守了「救貓咪」法則。他知道他面對了一個問題：這兩個人要去幹壞
事，但是就屈伏塔來說，他是這部片的主要角色之一，必須要讓觀眾
喜歡他並且認同他才行。嗯，在見過這兩個瘋狂傻蛋之後，我們真的
喜歡上他們了，因為他們很搞笑。與其冒著失去觀眾好感的風險，將
主角刻畫成沒有靈魂的冷血殺手，身兼本片編劇之一的塔倫提諾用他
的方式將主角們塑造得惹人喜愛。

先讓英雄救貓咪吧！

如果你想讓反英雄（anti-hero）[24] 的角色變得討喜，或是想讓因果報應的
故事裡的主角能引人同情，也可以巧妙運用「救貓咪」法則。

編劇物理學的不變法則告訴我們，如果你的主角是個有點壞的傢伙，
那就要把反派設定得更壞！塔倫提諾在《黑色追緝令》開場沒多久就
這麼做了。就在兩人抵達下手目標的住所前，約翰‧屈伏塔提到了他
們的老闆有多可怕，有個和他地位差不多的屬下，只因為幫老闆的老
婆做腳底按摩，就被從窗外給丟了出去。這又是另一個運用「救貓
咪」技倆的例子。當你的主角本身有點問題，甚至可能不討人喜歡，

只要讓他的敵人更糟就行了。如果你覺得約翰・屈伏塔很壞，那麼，看看他的老闆吧，相形之下屈伏塔是不是可愛多了？你差不多抓到要點了吧！惹人愛和惹人厭是相對性的感受，只要把主角和反派之間的對比做出來，觀眾自然就會開始支持主角。

就連適合闔家觀賞的電影也會遇到主角不太討喜的情況，我最喜歡也經常拿出來講的「救貓咪」範例是迪士尼的《阿拉丁》。當年這部賣座片在開發劇本的階段，迪士尼發現他們遇到了一個難題，就是主角真的不討人喜歡。回過頭看原著的設定，你會發現阿拉丁原來是個小混混，遊手好閒又任意妄為，而且還是個扒手。幸好迪士尼的製作團隊有泰瑞・羅西歐（Terry Rossio）[25] 和泰德・艾略特（Ted Elliott）[26]，我認為他們是當今好萊塢最厲害的電影編劇。

這兩位鬼才編劇不但找到了介紹阿拉丁出場的好辦法，還因此締造了「先讓英雄救貓咪」的經典範例。在這部票房超過一億美金的超級賣座片中，我們看到阿拉丁一出場就先調皮地偷東西吃，因為，呃，他肚子餓了。

接下來，他在市集廣場裡被拿著彎刀的宮廷警衛追著到處跑（順帶一提，這也是向觀眾介紹背景環境的高招），最後總算擺脫了他們，安全躲進一條小巷子裡。就在他正要咬下第一口剛偷來的麵包時，不經意瞥見兩個飢餓難耐的小孩，阿拉丁於是把麵包讓給了他們，真讓人拍手叫好啊！這下子，我們開始認同他了。他雖然是個扒手，但已經

不完全是原著裡那個遊手好閒的小混混，我們開始站在他那一邊了。
這全都要歸功於羅西歐和艾略特，他們花時間引導觀眾對阿拉丁的處
境感同身受，而我們也想看到這個非典型英雄在最後獲得勝利。

這一切的重點在於兩個字：認同！

你不需要為了討觀眾喜歡，而在每部電影裡都安排一場戲讓英雄真的
去救一隻貓咪、扶老太太過街、或是在街角被水潑得一身濕。但是，
每次你都要牽著觀眾的手，引領他們認同你的主要角色並且進入電影
裡的世界。無論你的主角是怎樣的人、做怎樣的事，你都要花點時間
把主角放進一個能打動觀眾的處境裡。如果你沒有這麼做，或是選擇
了《古墓奇兵》的蘿拉‧卡芙特路線，認為我們都會毫無理由地愛上
你的主角，那你就錯了。雖然有些電影沒照著我說的方式做也順利拍
出來了，但不代表這些片子拍得好看，或者說了一個引人入勝的好故
事。

各位編劇同行們，我這番說明有替自己解圍吧？

把教宗丟進泳池裡

「把教宗丟進泳池裡」與其說是一條法則，不如說是一個編劇技巧。
這個技巧非常有趣，我很喜歡拿出來討論，也屢屢見到它出現在各種

電影裡。這也是編劇大師麥克‧切達最早傳授給我的諸多洞見之一。你在編劇過程中常會遇到的問題是：該如何向觀眾做背景說明？所謂的「背景說明」包含了必要的背景故事介紹及劇情裡的技術性細節，許多時候觀眾必須先瞭解這些東西，才能看懂接下來發生的事。但是誰想浪費時間看這些繁瑣的東西？它們不但無聊，有時還會毀掉整場戲，是所有複雜情節最難搞的部分。

所以，一個稱職又體貼觀眾的編劇該怎麼做？

麥克‧切達告訴我，有一次他讀了喬治‧英格隆（George Englund）的劇本《教宗謀殺案》（The Plot to Kill the Pope）。這是一部驚悚片，為了向觀眾介紹背景故事的重要細節，編劇做了一個絕妙的安排。在這場戲裡，眾議員前往梵蒂岡拜見教宗，猜猜他們在哪裡會面？答案是：梵蒂岡的游泳池。只見教宗穿著泳衣，來來回回踢著腿游泳，而所有背景細節也在這個過程中交代完畢了。不過我猜，身為觀眾的我們應該也沒專心在聽吧，因為我們心裡都在想：「原來梵蒂岡還有一座游泳池啊！而且，教宗竟然沒穿他的法袍，而是穿著……穿著……泳衣！」就在你正想要問「教宗的頭冠哪裡去了」的時候，這場戲就結束了。

這就是「把教宗丟進泳池裡」。

這種手法十分常見，我曾用它寫了一場連我自己都佩服的戲。這場

戲出現在我和柯比・卡爾合寫的《盜油記》(Drips)裡，它是一部喜劇（還用說！），劇本最後賣給了迪士尼。《盜油記》在講兩個呆頭呆腦的水管工人被美女誘騙，捲入一個比佛利山莊的地下盜油行動。

這對難兄難弟受邀出席美女的老闆在自家豪宅開的派對，而壞人會在那裡向他們講解計畫，也算是向觀眾交代接下來的劇情發展。壞人會教他們怎麼找到埋在房子底下的油管，再將油管接到這座城市的下水道，而下水道的終點就是大海，壞人的運油船已經等在那裡，準備接收這些偷來的油。(相信我，這個計畫完全可行！) 不過，如果電影院裡的觀眾要被迫坐著聽這些冗長繁瑣的執行細節，他們可能會覺得不耐煩，而身為編劇的我們也不想冒這樣的風險。

解決辦法是什麼？就是「把教宗丟進泳池裡」。

在這場戲裡，我們安排兩位笨笨的主角在與壞人見面前，參加了派對裡的一場冰茶暢飲大賽，這兩個人為了爭取美女的青睞都拚了命地喝。等到終於要和壞人開始談正事時，他們都想上廁所了，但是真糟糕，時機不對呀。這場戲爆笑的地方在於，當他們雙雙坐在那裡，夾緊兩腿，試圖專心聽壞人用投影片做簡報的時候，四周卻不斷出現各種明示、暗示、會勾起尿意的景象。在窗外，草坪上的灑水器開始噴水，而鄰居的狗也朝著灌木叢撒了一大泡尿；回到房間裡，美女拿起水晶壺為自己倒了滿滿的一杯冰茶。看到這些景象，我們的兩位主角不停擠眉弄眼都快要憋不住啦，而反派卻還在滔滔不絕地講解著偉大

的盜油計畫。

我們成功度過了背景交代這一關，而且過程還很搞笑。

在《王牌大賤諜》（*Austin Powers: International Man of Mystery*）中，編劇麥克‧邁爾斯（Mike Myers）還使出更厲害的一招，創造了一個叫貝索的角色（Basil Exposition，由米高‧約克〔Michael York〕飾演），他的功能就是提供英國超級間諜奧斯汀‧鮑爾和觀眾所有無聊的背景知識。每當貝索出現，我們就知道他又要塞給我們一堆資訊了。這些資訊本身很沉悶，但無論是戲中的角色或戲外的觀眾，全都心知肚明必須忍受這些說明，因此無聊的場面又變得輕鬆有趣起來了。

像這類「把教宗丟進泳池裡」的例子還有很多，現在你懂了這個技巧，也可以自行發明方法來交代背景。無論是《神鬼奇航：鬼盜船魔咒》（*Pirates of the Caribbean: The Curse of the Black Pearl*）裡的兩名守衛士兵，用彼此鬥嘴的方式告訴我們關於傑克‧史派羅船長的傳言，或是驚悚片《迫切的危機》（*Clear and Present Danger*）在打擊練習場的那場戲，「把教宗丟進泳池裡」的手法，都讓我們得以輕鬆愉快地吸收所有必要的資訊，而且是透過生動活潑、娛樂性十足的方式。

好一個技巧！謝謝你，麥克‧切達。

雙重超自然力量

「雙重超自然力量」是我的最愛，也是你我都不能觸犯的編劇禁忌，雖然我們常看到有人犯規！

我的觀察是，不管出於什麼原因，觀眾在一部電影裡只能接受「一種」超自然力量。這是鐵律！你不會看到異形從外太空坐著飛碟降落地球，然後被吸血鬼咬，結果變成死不了的吸血異形。

各位，這就是所謂的「雙重超自然力量」。

可惜的是，儘管這樣做會讓觀眾的腦袋難以消化，理論上也行不通，但是大家卻經常這樣做。

我最喜歡拿《蜘蛛人》為例，為什麼你們大家願意花錢去看這部電影，讓它變成一部賣座強片，但是當它在電視上重播時，你卻不會想再看第二次？

絕不是因為演員不好，我們大家都愛陶比·麥奎爾、克莉絲汀·鄧斯特（Kirsten Dunst）和威廉·達佛（Willem Dafoe）；也不是因為特效不好，用蜘蛛絲盪過整個城市超酷的啊！我的觀察是，大約是到了電影中段，就在綠惡魔首度出現之後，觀眾就失去了大半興致，起碼我是這樣。

為什麼？因為出現了「雙重超自然力量」。

《蜘蛛人》的編導要我們相信，一部電影裡可以同時存在兩種不同的超自然力量。在城市的這一端，一名少年意外被輻射突變的蜘蛛咬到，因而擁有了超能力，核融合與八腳怪是此超能力的來源。好，這我可以接受，但是再看看城市的另一端，由威廉·達佛飾演的諾曼·奧斯本也在實驗室裡發生化學意外，變身成為綠惡魔，從完全不同的來源得到了另一種迥異的超能力。

所以，你的意思是說，這部電影裡不只有輻射蜘蛛咬人的意外，還發生了化學實驗意外？而且兩場意外分別賦予了主角和反派不同的超能力？

我都搞糊塗了！這樣做踩到了我的底線。第二種超自然力量的出現，破壞了製作團隊原本一手打造、說服我去相信的電影世界的真實性。他們怎麼敢這樣做！就像我看到有人違反了「救貓咪」法則會很不開心，每當有人犯了「雙重超自然力量」的大忌，也會讓我很火大。這些犯規電影的設定都很草率，是低能創作的產物。不過在美漫的世界裡，這些問題多少還可以被原諒。

「雙重超自然力量」也出現在另外一部賣座強片裡，這部電影無法再用漫畫改編當藉口了。在奈沙馬蘭（M. Night Shyamalan）編導的《靈異象限》（*Signs*）中，我們被要求相信外星人已從外太空入侵地球。先不提

那個爛結局——智商高過地球人的外星人竟然被一支球棒給解決掉了（「莫瑞，用力揮棒！」是我認為史上最爛的電影台詞），這部電影要講的，其實是梅爾・吉勃遜對上帝的信仰危機。

啥？

我要說，當有證據顯示太陽系以外有智慧生物存在，所有關於上帝是否存在的討論都變得沒有意義了，你不覺得嗎？但是奈沙馬蘭偏要兼顧兩者，結果就是一團糟。

我猜，在奈沙馬蘭的劇本裡，一開始只有一種超自然力量，就是外星人和神祕的玉米田圖騰。但他也料到我們早已看過類似的題材，為了使這部外星人電影與眾不同，他試圖賦予它更多意義。這本身沒什麼問題，但是他沒有處理好。一旦外星人來了，梅爾・吉勃遜對上帝的質疑就變得很可笑。你想見證奇蹟嗎？看看窗外，外星人不就來了嘛，梅爾！奈沙馬蘭要求我們在小腦袋瓜裡辯證上帝和外星人同時存在的可能性。

是的，上帝和外星人不能混為一談。為什麼？因為它們是兩種不同的超自然存在，是「雙重超自然力量」。如果你不信，試著把「上帝」換成「真主阿拉」，看看你的腦袋會不會轉不過來。

所以，除非有人給你一部賣座片要你寫續集劇本，或是你正在處理由

漫畫改編成電影的劇本，否則不要輕易嘗試「雙重超自然力量」。

一部電影最多只能出現一次超自然力量。謝謝合作！

這是鐵律。

鋪陳過了頭

湯姆・克魯斯主演的《關鍵報告》（*Minority Report*）做過這件事，班・史提勒和珍妮佛・安妮斯頓（Jennifer Aniston）合演的《遇上波莉》（*Along Came Polly*）也做過；這兩部片都冒了把電影搞砸的風險。在我指出它們的錯誤之後，你會發現它們的做法可能比冒險還要糟。我的看法是，兩部片的票房表現不如預期，都是因為鋪陳過了頭，忘記了電影編劇賴以維生的不變法則：

觀眾只能忍受那麼點「枝節」。

枝節是什麼？一部電影鋪陳太多枝節會有什麼問題？

這個嘛，讓我們看看《關鍵報告》。這部大成本製作的電影是由科幻小說家菲利普・狄克（Philip K. Dick）的同名小說改編而成。在狄克去世後，他的作品紛紛變成炙手可熱的改編題材，最終成為賣座鉅片的有

《銀翼殺手》（*Blade Runner*）和《魔鬼總動員》（*Total Recall, 1990*）。

《關鍵報告》的電影概念是典型狄克式的風格，但是關於前提的布局鋪陳卻幾乎毀掉了整個故事。這部片的劇情是關於阻止未來犯罪事件的發生，而且我們從電影開場就知道是怎麼一回事：由湯姆‧克魯斯率領的專案小組負責監控未來的犯罪活動，一椿謀殺案即將發生，我們看到湯姆搶先採取行動，阻止了殺人犯。緊接著在下面幾場戲裡，我們看到了柯林‧法洛正在調查湯姆‧克魯斯，見到了三位「先知」，他們躺在充滿液體的水池裡預測未來，我們也得以一窺湯姆的私生活，他失去了孩子，還有一些毒癮問題；而湯姆的導師（由麥斯‧馮西度〔Max von Sydow〕飾演）則是個我們不太能信任的人。

很好，一切都交代得清清楚楚，但是當編劇一一鋪陳完所有枝節，我們都累了！它們很有趣，但又怎樣？劇情接下來會怎麼發展？

好不容易湯姆又接獲最新的犯罪情資，劇情終於有了進展，哎喲，下一個殺人犯竟然是他自己。湯姆知道先知的預言不會錯，所以必須調查出事情是如何發生與為何發生，好阻止他即將犯下的殺人案。他的時間不多了，觀眾的時間也不多了。我這麼說是因為這裡有個小問題，那就是當劇情進展到這裡時，我們已經看了四十分鐘的電影了！這等於是編劇花了四十分鐘來布局，好向觀眾解釋這故事是怎麼一回事。開演過後這麼久懸念才終於出現：一名警探發現自己就是罪犯。

各位同學，請大家跟我說一遍：枝節實在太多了！

《遇上波莉》也遇到同樣的問題。為了讓不敢冒險的離婚男子班·史提勒愛上隨心所欲、活在當下的女人珍妮佛·安妮絲頓，本片編劇鋪陳了太多枝節。首先，我們得耐著性子看班·史提勒和他的第一任老婆結婚、度蜜月，然後目睹他抓到老婆跟他們的潛水教練瞎搞。沒錯，這些都很有趣，而且只要是班·史提勒主演的任何電影，我們都願意耐著性子看下去，因為大家都愛他！但是，風趣又才華洋溢的編導約翰·漢柏（John Hamburg）竟然冒著讓觀眾失去興致的風險，先鋪陳了一大堆情節，才講到吸引我們去看這部片的重點：班·史提勒和珍妮佛·安妮絲頓談戀愛。

《遇上波莉》和《關鍵報告》為了鋪陳那些枝節，犧牲了觀眾的注意力，讓他們感到不耐煩，而且我相信，這也是讓電影變得比較不好看的主要原因。一部電影要用這麼多背景故事來建構劇情，反而會讓故事走樣，變得頭重腳輕。

說句老實話，我對「鋪陳過了頭」這件事超級敏感，很多次我都是因為劇情需要鋪陳過多枝節而放棄一部劇本。

《小鬼富翁》前段的鋪陳是我勉強能接受的極限，在我們的主角普萊斯頓帶著那張空白支票走進銀行、準備兌領一百萬美金之前，實在有太多需要解釋清楚的細節。那些支微末節、來龍去脈的交代幾乎快變

成致命傷了。第一幕有一半的時間在鋪陳枝節，比我預期的要多了些，而且這等於是在考驗觀眾的耐心。我彷彿聽到他們的怒吼：「快進入重點！」

身為編劇的我們必須留意，不要冒險讓觀眾失去耐心。重點是，如果你發現故事的設定和布局需要花超過二十五頁才能介紹清楚，那你就有麻煩了。

我們管它叫做「鋪陳過了頭」，而觀眾的說法則是：「還我錢來！」

黑人獸醫，又名貪多嚼不爛

當編劇在處理創意構想時，有一個附屬於「雙重超自然力量」的禁忌法則，我稱之為「黑人獸醫」。

你常會著迷於一個電影構想中的某些特定元素，緊緊握著它們無法放手。你就像是《人鼠之間》（Of Mice and Men）的藍尼，想把這隻齧齒動物往死裡掐。通常，當你發現自己陷入這種情況時，一定要馬上停止。這時候，「黑人獸醫」法則能讓你後退一步，與你的電影概念保持一點距離。

什麼是「黑人獸醫」？

還是先告訴你它的典故好了。艾伯特‧布魯克斯（Albert Brooks），一位一九七〇年代的喜劇演員，現在身兼演員、編劇和導演三種身分，曾經根據電視節目《週六夜現場》（Saturday Night Live）製作了幾部惡搞片。其中最棒的一部是嘲諷美國國家廣播公司（簡稱 NBC）和它那些愚蠢的節目，布魯克斯特別針對那年 NBC 即將上映的秋季檔節目，做了爆笑的偽廣告。

其中有一段叫做「黑人獸醫」，它有「節目即將上映，敬請鎖定 NBC」那種故作正經的調調。一名黑人演員飾演獸醫，與診所裡的動物一起嬉鬧，不過這名獸醫過去也當過軍人。妙就妙在這支偽廣告的旁白是這樣介紹他的：「黑人獸醫，既是殺敵老兵（veteran）也是救命獸醫（veterinarian）。」很爆笑的台詞吧，但它也傳神地反映出好萊塢的瘋狂實況──老是想把十磅的大便塞進五磅容量的袋子裡。這真是高明的諷刺，我永遠不會忘記。「黑人獸醫」只是個笑話，但你會很驚訝地發現，我們這些搞創意的人常會想把很多自認為很棒的概念，硬塞到同一個劇本裡。

這就跟吃東西一樣，貪多嚼不爛，在一部電影裡放進太多元素也是行不通的。

在我的編劇生涯裡，我最愛拿來舉例的是我和我第一位編劇夥伴的合作經驗，他是反應快又勇於冒險的霍華‧博肯斯。當年我們都年輕又充滿幹勁，腦袋裡有很多超棒的點子，當然爛透了的點子也不少。不

過，我們倆算是少年得志，很早就在編劇這行取得成功，甚至在合作期間就成為美國編劇協會的會員 27，等於在事業上跨了一大步。

我們當時都在電視台工作，也有一個關於電視劇的構想，我覺得它滿不錯的。故事背景設在一九五〇年代，主角是一名被情治單位列入黑名單的私家偵探，片名叫做《左翼分子》（*Lefty*），有點概念了嗎？片名指的是主角的政治立場，聽起來很強悍，也非常具有一九五〇年代的風格，不過我們最終放棄了這個構想。

事情的來龍去脈是這樣：霍華堅持要讓主角是個左撇子，而且他還建議，主角或許也可以同時是一名退休的拳擊手——左撇子的拳擊手！好，所以主角是共產主義的信徒，以前打過拳擊賽，而且還是個左撇子？我一再提出質疑，但霍華覺得這個點子很棒，我的想法卻是，選一個就好了吧。霍華想從初始構想中榨出每一分可利用的價值，我通常很相信他的直覺（因為他非常擅長發展概念，在行銷上也比我聰明太多），但是這次我持反對意見。貪多嚼不爛啊！他的設定犯了「黑人獸醫」的錯誤。

我們只要緊抓一個好點子不放就夠了，這是我們必須服膺的鐵律，而且這樣做一點也不難。你喜歡某個構想嗎？如果我將這個構想充分利用，再加一些和它沾的上邊的素材，你就會更喜歡了嗎？才不會！直到今天，每次我跟老夥伴霍華談起這件事，他還是堅持他對《左翼分子》的人物設定是對的，而我也還是像以前一樣，把它當耳邊風聽聽

就算了。

言歸正傳，這是一條關於電影編劇和創意的重要法則：**簡單就是美**。

拜託，一次一個概念就夠了。你真的無法一次消化那麼多訊息，貪多嚼不爛。在劇本裡加進太多東西，你會迷失方向。如果你正在這麼做……停止吧。

冰河來了！

在電影裡，我們很常看到反派躲在暗處，離主角遠遠的，然後才逐漸逼近。有時候，他們靠近的速度過於緩慢，慢條斯理展開行動，讓你恨不得想對著銀幕大喊：

冰河來了！

是的，我真的會這麼做。尤其是當「危險」用非常慢、非常慢的速度接近主角，像是一年只移動一寸的冰河。原本應該要讓人提心吊膽的威脅，現在卻變得沒有絲毫壓迫感了。如果你認為好萊塢大咖和你我都不會犯這種錯誤，那你就錯了，在很多知名電影裡常可以看到牛步進逼的危機。

看看皮爾斯・布洛斯南（Pierce Brosnan）主演的《天崩地裂》（*Dante's Peak*），這是一九九七年上映的兩部火山片之一，片商打算趁聖海倫火山蠢蠢欲動時大撈一票。《天崩地裂》的劇情如下：看到那座火山了嗎？它隨時會爆發！就這樣，整部電影要說的不過如此。火山即將噴發，但是沒有人相信那位英俊的科學家（皮爾斯・布洛斯南飾演）的警告，所以我們等著看好戲，事實將證明他是對的（預告片有演）。好啦，在等待的同時，我們至少還能盯著布洛斯南想：嗯，還是讓史恩・康納萊（Sean Connery）來演比較好。

再看看達斯汀・霍夫曼主演的《危機總動員》（*Outbreak*），這是一部節奏不太明快的電影。劇情大致上在講伊波拉病毒入侵美國，達斯汀・霍夫曼飾演的角色試圖找出治療方法。但是就在我們等待病毒襲擊的時候，它卻以超級緩慢的速度朝向我們而來。

基本上這是一部「屋裡有怪物」類型的電影，在《危機總動員》中，「屋子」是遭到隔離的小鎮，鎮上的居民以幾場戲含糊交代，而介紹這些角色的目的，只是為了讓觀眾關心他們會不會死。當然，我們要等到劇本第七十五頁左右才會看到他們，那也沒關係，因為在達斯汀・霍夫曼抓到那隻感染病毒的猴子之前，我們總得找點事做；如果我沒記錯的話，這是劇本的第三或第四條支線。老天！電影公司到底是怎麼被說服來拍這部片的？

同樣情形也發生在西部片。在《天地無限》（*Open Range*）裡，凱文・

科斯納（Kevin Costner）和勞勃・杜瓦（Robert Duvall）的牛仔夥伴在第二十頁被壞蛋幹掉了，緊接著，這兩個人坐在馬背上討論如何對付這些壞蛋。沒錯，他們當然應該動身去報仇……大約再過一個半小時吧。如果你曾納悶那些拓荒者是如何拿下西部的，顯然那是一段非常漫長的歷程。

看吧！即使是最聰明的編劇也以為緩慢流動、朝我們而來的滾燙熔岩——噢，大概星期四左右才會到吧——會讓我們情緒沸騰，但其實並沒有。

危機一定要是迫切的危機，災難必須要危害到我們關心的人，可能降臨在角色身上的禍事一定要一開始就呈現出來，好讓我們知道逼近的威脅會帶來什麼後果。如果沒有這樣做，你就犯了「冰河來了」的禁忌。以下是我列出六種太遙遠或太緩慢的「冰河」，它們不具威脅性，而且很無趣：

- 一個邪惡卻反應慢半拍的壞蛋。
- 配備 AK-47 步槍的蝸牛。
- 一封從西伯利亞寄來的查封通知。
- 只剩一條腿的老奶奶殺人狂。
- 一群憤怒的烏龜。
- 蝗蟲。

就算你有一個琅琅上口的絕佳片名，也不要把上述這些「壞蛋」寫進你的劇本裡。好吧，除非那些蝗蟲是基因改造的突變種，喜歡吃人肉維生！如果設定是這樣那我們再談。

應許蛻變的歷程

這條編劇法則是這樣的：電影裡的每個角色都必須依故事發展而有所改變；主角和他的夥伴們都要有明顯的改變，唯一不變的只有反派。

這是一條不變法則，一個真理。

雖然我討厭「歷程」（arc）這個詞——它已經被很多劇本開發部門的人和編劇書作者用爛了——但我仍喜歡其中的涵義。

「歷程」指的是「任何一個角色從開始、中途到結束的整段旅程」（旅程又是一個被用到爛的詞）。如果處理得當，我們可以隨著劇情進展清楚看到每個人物經歷的成長和改變，這樣的電影會像詩一般耐人尋味，彷彿在說這個故事、這段歷程是多麼重要，讓牽涉其中的每個人（甚至包括觀眾）的生命都能有所改變。從遠古時代開始，所有的好故事都會呈現出人物的成長和他們改變的軌跡。

為什麼？

因為如果這是一個值得說的故事，它必須對置身其中的每個人都意義重大。這是為什麼你需要仔細安排每個角色的設定和結局，並且追蹤他們的歷程。不知道為什麼，《麻雀變鳳凰》是我想到的絕佳例子，這部電影中的每個人，從李察·吉爾、茱莉亞·羅勃茲到蘿拉·珊·吉亞科莫（Laura San Giacomo），甚至是擔任「導師」的飯店經理赫克特·埃利桑多（Hector Elizondo），都被愛情的力量打動而有所改變，只有傑森·亞歷山大（Jason Alexander）飾演的反派合夥人是個例外，他什麼也沒學到，沒有任何改變。

《麻雀變鳳凰》只是幾百部遵守這條法則、精心雕琢並且大為賣座的電影之一。那些會讓你大哭大笑、牢記不忘、想一看再看的電影，一定也會讓每個角色都有所成長改變。

這樣你瞭解了嗎？

就某種程度來說，一個故事的本質就是改變，而衡量一個人成功與失敗的標準，在於他是否有改變的能力。

好人會欣然接受改變，視之為正向的力量；壞人則拒絕改變，他們沉溺在自己的價值觀裡並自食惡果，無法從老我的生命軌跡裡跳脫出來。所有的好故事（和全世界影響力最大的幾個宗教）都有一個共同的基本信念，那就是唯有改變自己才能戰勝生命。蛻變是好的，它象

徵重生，代表一個人願意重新開始。
所以，請應許蛻變的歷程。

我們不都希望這樣？在看完一部好片以後，我們不都想積極面對自己
的人生嗎？當我們看到電影裡的每個人物都經歷蛻變，我們不也希望
自己可以脫離老我、活出新生命，並敞開心胸接受改變的療癒力量？

是的，我們都會這麼做。

「每個人都需要改變」是我寫在黃色便利貼上的座右銘，我在寫劇本
時總會把它貼在電腦螢幕上，不時提醒自己。每當我正式動筆之前，
我會根據情節板上每個角色的故事，記下他們的蛻變歷程及改變過程
中的各個里程碑。

你也要這麼做才行。

如果你的劇本看起來很平淡，或者如果直覺告訴你有些事該發生卻沒
有發生，不妨試著從「蛻變歷程」的角度來檢查你的故事，看看哪裡
需要補強，讓每個角色都經歷成長與蛻變。

是的，每個角色，除了反派以外。

媒體止步！

重要的時刻到了，我想在這裡炫耀一下。你看，接下來這個編劇法則是史蒂芬・史匹柏親自教我的，很讚吧！我們合作過，那是我編劇生涯中最寶貴的經驗之一。談到電影編劇的不變法則，真正該寫本書的是他，而我只配在旁邊幫忙解釋。

「媒體止步」是我從史蒂芬・史匹柏那裡學來的，那時我和他正在一起發展《核心家庭》的劇本。這部劇本是我和吉姆・哈金合寫的，後來賣給了史匹柏旗下的安培林娛樂公司（Amblin Entertainment）。電影的前提是這樣的：一家人在一座核廢料掩埋場露營過夜，隔天醒來發現他們得到了超能力。這是一部美夢成真的喜劇片，每個家庭成員都可以運用超能力來解決各自的煩惱。爸爸是一名廣告公司主管，他獲得讀心術的能力，讓他得以打敗職場上的死對頭；身為家庭主婦的媽媽得到隔空取物的能力，變成了可以用念力搬東西的超級媽媽；念高中的兒子得到了瞬間移動的能力，讓他一夕之間當上了美式足球校隊的中衛；念高中的女兒原本功課很差，現在變成金頭腦，考試成績開始名列前茅。

這是個好笑又充滿特效的奇幻故事，但也有它的寓意。最後他們每個人都選擇放棄超能力，因為他們發現，全家人能快樂地生活在一起比「成功」更重要。

在發展劇本的階段，我們大膽嘗試了各種可能性，我們當中某個人，我想應該就是我吧，竟然蠢到提議讓媒體來發現這家人擁有超能力，因此大批記者將他們團團圍住。結果史蒂芬・史匹柏否決了這項提議，並解釋了為什麼這樣做行不通。

你會發現在《E.T.》裡並沒有出現記者。這個故事在講一個外星生物來到地球，進入一個快要支離破碎的家庭中。

沒錯，你有了一個很好的新聞題材——他們抓到了一隻活生生的外星生物！證據在此，它就在那裡。然而，就當史匹柏與編劇瑪莉莎・麥瑟森（Melissa Mathison）[28] 重新改寫劇本時，他發現媒體的出現會破壞故事前提的真實感；只有讓 E.T. 的出現成為這家人和觀眾之間的祕密，電影的魔力才會存在。你只要想像一下就能明白，把媒體帶進《E.T.》的劇情，真的會毀掉這部電影，那種感覺就像是「打破第四道牆」，會將觀眾從劇情中抽離，意識到整個故事只是演出來的戲。把媒體帶進電影裡，就會產生這樣的效果。

當然，這就是史匹柏與其他導演（包括奈沙馬蘭）不同的地方。所有夢工廠的電影都做到了「媒體止步」，但是奈沙馬蘭的《靈異象限》（又是這部爛片）卻違反了這個法則，我想這是我們無法融入這部電影的另一個原因。

梅爾・吉勃遜一家人被外星人圍困在賓州的家園，先是玉米田裡出現

奇異徵兆，接著外星人試圖闖入他們家中（我們不確定它們打算幹嘛），那感覺有點像是《活死人之夜》（*Night Of the Living Dead*）[29]。正當我們等著看外星人進攻時，梅爾和他的家人卻戴上用錫箔紙做的帽子，看起電視來。（天啊！這到底是什麼情況？）電視上，CNN 新聞報導外星人已經登陸全球各地，甚至還播放外星人闖入南美洲一個兒童生日派對的古怪短片。

這些都很有趣，但是僅此而已，這和梅爾為了保護家人不受外星人侵擾的劇情有何關係？我認為，這反而讓他們的處境看起來並不太慘，畢竟現在「所有人」都面臨了外星人入侵的危機，他們不再孤單。如果說在《E.T.》裡把媒體扯進「我們的祕密」會摧毀劇情張力，那麼《靈異象限》也讓身為觀眾的我，因為這些媒體報導的劇情而覺得出戲。

我要說的是，要把媒體扯進來不是不行，但必須謹慎為之。在某些特例情況下你仍然可以把媒體寫進劇本裡，比方說，電影的主題就是在講媒體，或者電影牽涉到某個全球性的麻煩問題，觀眾需要看到身處各地的角色發生了什麼事，而那些角色也有必要知道彼此的狀況。

除此以外，你應該聽我的建議（這也是史蒂芬・史匹柏的建議）：媒體止步！

總結

所以，你現在已經瞭解了一些基礎的編劇法則。如果你跟我很像，一定還會想知道更多，況且，在你繼續努力奮鬥的過程中，也會發掘出更多法則。

這些法則會是你花好多年看過無數電影後歸納出來的小小心得。突然間，你會領悟為什麼有的電影要那樣寫、某一場戲「真正」的用意為何，而這些發現會讓你覺得自己真是個天才！突然間，你看穿了電影劇本裡的魔術，這個過程就像是把瑞士鐘錶拆開來，觀察裡面的齒輪是如何組裝和運作。在開竅的一瞬間你會想：「原來是這麼一回事啊！」你覺得你破解了魔術背後的祕密。

一旦你發現了這些小祕密，就會有一股衝動想幫它們取個好名字，這是為什麼「先讓英雄救貓咪」、「把教宗丟進泳池裡」、「貪多嚼不爛」和「媒體止步」這些重要的編劇法則念起來都琅琅上口（至少對我來說是這樣）。

沒錯，這些名字都有一種俚俗的趣味，可以幫助你牢牢記住我講的內容。當你發現自己正在犯某個錯誤，或是掙扎著想要違反某一條編劇法則時，你學到的知識能幫助你立即評估各種做法的利弊得失，由你自己判斷究竟要遵守，還是要打破它。有多少次我在創作劇本時發現自己犯了這些錯誤？次數多到數不清。但是學習這些法則主要就是幫

助你節省時間，少走點冤枉路。

創作劇本的過程是一遍又一遍地解謎。你練習得愈多，做起來就愈快。你「破解」的故事愈多、完整架構出來的劇情大綱愈多、從頭到尾寫完的劇本愈多，你寫出來的電影就會愈好看，而我傳授的法則肯定會節省你很多時間。

練習

1. 舉出一個不討喜的電影主角，分析該片的編劇是怎麼介紹這個角色出場的？還有哪些「先讓英雄救貓咪」的新招數可以讓主角看起來比較可愛一點，卻又不會給人太假的感覺？

2. 列舉幾個運用「把教宗丟進泳池裡」手法的電影。他們鋪陳情節的方式會阻礙還是強化你對劇情的理解？

3. 幫《蜘蛛人》找出補救的辦法，你不需要按照史丹・李（Stan Lee）[30]在漫畫原著作品裡的設定。你要怎麼修改才能避免「雙重超自然力量」的情況發生？

4. 既然你喜歡奈沙馬蘭的《靈異象限》，覺得我頭殼壞去才會罵這部電影，那麼請告訴我奈沙馬蘭的《驚心動魄》（Unbreakable）又是怎麼回事？這部片非常荒唐，相之下，《靈異象限》就像《波坦金戰艦》（Battleship Potemkin）[31]一樣經典。不過請記住，我已經準備好要和你辯論了，也懊惱著當初怎麼沒有要求戲院把那十塊美金的票錢退還給我。

7. 這部片出了
什麼問題？

恭喜，你做到了！

你聽從我的建議做好充分準備，像個專業編劇般精確執行了每一個步驟，現在終於寫下了「劇終」兩個字。

無論你的劇本是九十頁還是一百三十頁，你都達成了最初的目標——完成一部電影劇本的初稿。

你好棒！

在你打算進行下一步之前，先好好沉浸在當下的喜悅吧。

空有想法的人多，付諸執行的人少，因此光是完成一部劇本，就足以證明你和那些光說不練的「電影編劇」不同；光是去做，就已經大大增加了你成功的機會。不管這是你的第一部劇本還是第二十一部，你在電影編劇的路上又向前邁進了一個里程碑。你不只寫完一部劇本，還累積了經驗值，而每寫一部劇本都可以讓你變得更專業、更稱職。

至於我嘛，如果把電視劇本也算進來，由我獨力創作或與人合寫的劇本共有七十五部。每當我拿早期作品與現在的作品比較，都可以看出我的編劇技巧愈來愈成熟。我永遠都在進步，只要堅信下一部作品會

更好，並在創作的過程中保持熱情，我就永遠不會失敗。

再回來談談你吧。你終於把劇本寫出來了！但即使內心充滿驕傲，你還是會擔心自己的作品是否不夠好。你知道有些段落不太順，心裡也偷偷覺得有些地方簡直是一場災難。但無論如何，我建議你將初稿擱在一旁，一個星期後再把它拿出來（要更久也可以，只要你忍得住），從頭到尾好好讀一遍，然後你會大吃一驚：怎麼寫得這麼爛！

人物平板又沒有劇情，或是劇情進展太慢，慢到你無法相信這是一個正常人寫出來的作品。你當時到底在想什麼？這劇本還差得遠呢，甚至連開始都談不上！更糟的是，現在你認清了這個可怕的事實，發現自己是個差勁的編劇，你變得不想再寫下去。你從神采飛揚的巔峰，一下子跌進了自我厭棄的深淵裡。

我是不是說中了你那如坐雲霄飛車般的心情？

嗯，別害怕，這種情況很常見，你還有很長一段路要走。在決定放棄好萊塢夢想之前，先深吸一口氣吧。一切都是有辦法彌補的，你的初稿還有救，而且你會再度以它為榮。

我可以幫你抓出一些問題，並教你如何修正，這其實不難。只不過，你必須誠實看待自己的作品，願意下工夫改稿，並將所有問題一一修正。以下是幾個最常見的劇本問題，希望對你在改稿上有所幫助。

主角帶頭行動

很多初稿常犯的錯誤是主角太過消極被動，這個問題有時很難發現，特別是當劇本裡其他地方都已經很好的時候。你已經盡可能把情節設計完善，讓每個轉折都在推動劇情，但不知怎麼的，你忘了叫你的主角也一起動起來。

現在你的主角正被劇情拖著走，他在該登場的時候出現了，卻不知所為何來。你的主角似乎缺乏動機、目標模糊，原本應該推動他的力量不知道哪裡去了。

想像一下，如果一名偵探用以下方式辦案會是怎樣的情況？我們姑且叫他強尼好了，他是一個存在主義式的遊魂，做事沒什麼動機，也不為錢所動。強尼上場了，他在案發現場做做樣子、虛應故事。他從不主動追查線索，因為總會有人把線索指給他看。他沒有目標，也不知道自己存在的意義和價值。強尼的座右銘是：「這有什麼意義？有一天我們都會死。」

你的主角是否也和強尼一樣？

如果是，你就得想辦法補救，因為有件事我們可以百分之百確定，那就是主角一定要主動。這是鐵律。如果他不積極主動，就不能當主角。

以下四個問題，可以用來檢驗你的主角是否需要增添活力。

1. **主角的目標是否在布局階段就表達清楚？**

   你和觀眾是否能清楚知道主角想要什麼？如果答案是否定的，你一定要把主角的目標弄清楚並且大聲說出來，透過劇情裡的行動和對白，反覆重申主角的目標。

2. **關於下一步行動的線索，主角是主動發掘還是被動得知？**

   如果對主角來說一切都來得太容易，那就有問題了。你的主角不能任憑命運安排，他必須要自己解決問題，一步步朝目標邁進。

3. **你的主角是積極還是消極？**

   如果是後者，你就有麻煩了。主角所做的一切必須出自他對目標的強烈渴望。如果他自己不急，或是覺得無所謂，那麼你寫的大概是像哈姆雷特這類的角色。如果你是莎士比亞那當然很好，但如果這部電影是由馮‧迪索主演，那就糟了。

4. **是其他人告訴你的主角該怎麼做，還是反過來由主角告訴其他人該怎麼做？**

   有一個很實用的經驗法則是這樣的：主角絕不會問東問西！主角總是自己尋找答案，圍繞在他身邊的人也都等著他來解答問題。這個情況完全不能顛倒過來。如果你發現主角的台詞出現許多問號，那就有問題了。主角總是自己去找答案，絕不會問東問西。

我認為，如果你的主角有上述任何一個問題，他應該就是個消極被動的主角。如果主角消極被動，劇本就會死氣沉沉。所以，請把它改掉！賦予你的主角一點動力，把他搖醒，讓他更投入一點。拜託，好好帶頭行動！這才是主角該有的樣子。

別用對白解釋劇情

一部失敗的劇本常常直接用對白解釋劇情，這是另一個常見的問題。想像一下這種場面，某個角色登場時說：「欸，你是我妹妹，你應該知道！」或是：「現在當然無法和那時相提並論，當年我還是紐約巨人隊的王牌後衛，在那場意外發生之前，我一直是主力球員。」這樣的對白（跟我說一遍）很爛！但是我完全可以理解你為何會寫出這種東西。

你有故事背景和情節需要交代，但是找不到地方來放這些資訊，所以你讓劇中角色幫你說出來。可是我要告訴你，這麼做很糟，你的劇本保證會被審稿員扔掉。

這種對白太假了，假到讓人起雞皮疙瘩。到底誰這樣說話啊？別忘了，你的角色有自己的問題要解決，他們不是創造出來為你做事的。他們在每一場戲裡都有自己的目標要達成，有自己心裡的話要說，而不是去念你塞給他們的台詞。你需要藉由他們說話的內容和方式，來

透露出他們是什麼樣的人、想要什麼,有怎樣的渴望、夢想和恐懼。好的對白總有其潛在意涵,透露出來的訊息會比表面上呈現的要多,因此你要寫得愈細膩微妙愈好。

這個編劇法則還有一條附帶規則:別用說的,要用畫面呈現。這是另一個新手編劇最常見的錯誤。

如果你想表達一段出問題的婚姻,可以讓丈夫陪太太上街時偷瞄路旁的年輕美女,完全不必花三頁篇幅寫他們在婚姻諮商過程中的對話。拍電影是用影像說故事,你可以用畫面呈現的東西,為什麼要用說的?好畫面不是比拉雜的對白更簡單俐落嗎?如果你想讓觀眾知道某傢伙曾經是紐約巨人隊的球員,你可以在他家裡的牆上掛上一張球隊合照,或是讓他跛一條腿(這是終結他球員生涯的那場意外所造成的,不過你要確定過去的意外和現在的故事有關才行)。重點是,要將細微的線索偷渡到畫面裡。如果你想讓觀眾知道某兩個人吵過架,你可以讓他們談什麼都好,就是別提吵架的事,只要處理得宜,觀眾自然會懂。他們的理解力常比你想像的要好。

用畫面而非對白來說故事,就是讓角色有盡情揮灑的空間。如此一來,每個角色都會更主動積極追求目標,因為他們是帶著各自的任務上場,而不是出來幫你念劇情。

事實上,電影做為一種說故事的方式,是讓我們去「看」劇中人物做

了什麼，而不是去「聽」他們說了些什麼。就像在現實生活中，一個人的作為比言語更能反應出他的真實性格。一部好電影要傳達的訊息並不是來自對白，而是隨著氛圍和劇情的推進自然顯露。你需要在不知不覺中帶進精采的情節和背景故事，最好不要讓人發現你刻意安排了這些東西。你應該要專注在現在發生的事，而不是故事開始前的陳年往事。所以，當你發現自己開始用對白解釋劇情的時候，趕快停止這麼做；當你發現自己說太多的時候，請記得「別用說的，要用畫面呈現」。

讓壞人愈壞愈好

「讓主角帶頭領導」還可以衍生出另一個相對應的編劇法則：讓壞人愈壞愈好。很多時候，你的主角做了所有他該做的事，主動出擊、積極追求、克服障礙；他似乎有一些作為，但我們還是覺得沒什麼了不起，畢竟他只是個無名小卒，如此平凡又不起眼。我們可沒興趣在大銀幕上看這種平庸無奇的角色，我們想看的是英雄式的人物。

如果以上情況聽起來很耳熟，那麼問題或許不是出在主角，而是在反派。要解決這個問題也不難，你只需要讓壞蛋……更壞一點！

反派不夠壞是劇本初稿裡常見的毛病，也許我們都太想讓主角贏得徹底，所以不想用太困難的任務刁難他。可是我們不能用過度保護主角

的方式來讓他免於危險和挑戰，相反的，我們應該要讓他接受比能力所及更難一點的挑戰。只要你把反派設定得更強大一點，你的主角就會看起來更偉大一點。這又是電影編劇的一個鐵律。

回想一下，詹姆斯・龐德之所以成為超級間諜，並不是因為他的先進配備，也不是因為跑車和龐德女郎。讓他成為超級間諜的是金手指、布洛菲與諾博士。試想，如果〇〇七的對手只是一名心懷不軌、在小鎮銀行裡做假帳的會計，電影會變得多無聊，這樣哪有什麼挑戰性？頓時間，所有的高科技配備、跑車和迷人的男性魅力全都派不上用場，龐德只需要上網快速追查壞人的下落，三兩下就能破案，還趕得及在晚餐前上酒吧喝一杯。他需要更強大的敵人，看起來才會更英勇。換句話說，他需要一個能與他勢均力敵的反派。

在很多精采的電影中，主角與反派經常像是同一個人的兩個分身，才智與能力相當，彼此爭奪主控權。是不是有很多電影都是如此？想想《蝙蝠俠》（米高・基頓〔Michael Keaton〕和傑克・尼克遜演的版本[32]）、《終極警探》（布魯斯・威利和艾倫・瑞克曼〔Alan Rickman〕）還有《麻雀變鳳凰》（李察・吉爾和傑森・亞歷山大）。這些電影中的主角和反派，不都是反應了一個人的光明面與黑暗面？他們不都是同一張 X 光照片的正片和負片？英雄和反派，各自都有彼此想要的東西，他們所缺乏和擁有的，正是造就兩者迥然不同的原因。

重點是，主角和反派應該要是旗鼓相當的組合，實力要不相上下，但是反派會比主角更強大一點，因為他願意不擇手段達到目的。別忘了，反派不會在乎道德價值這些東西，他們根本毫無顧忌。不過，這並不是說反派就不可能被擊敗——他只是「看似」難以擊敗而已。因此，如果你的主角和反派實力懸殊，就要調整到讓他們勢均力敵，而且反派要多占一點優勢。你只要增強反派的威力和擊敗他的難度，主角就得使出渾身解數，並能贏得更多觀眾的認同和喜愛。讓反派的力量略微超過主角能力的極限，你就能突顯主角的過人之處。

轉、轉、轉

這是我寫在黃色便利貼上的一則提醒，貼在書桌前已經二十年，也早就褪色了。這句話是我當年第一次聽到的有關電影編劇的至理名言，可惜我不知道是誰說的。

這位仁兄的名言自此之後便一路引領著我。

「轉、轉、轉」的基本規則是：情節不會只是直線前進，它還要旋轉，不斷加快，變得愈來愈緊湊。這是一種「加速」（不斷加快的速度）的概念，而不是「等速」（固定速度）的概念。它的原則是，情節光是向前推進還不夠，它需要發展得愈來愈複雜，在前進的過程中加速推向劇情高潮。

如果發生在你電影中的事件不夠有趣，那麼你充其量只是讓一群人在情節裡打轉而已，他們跑過來、跑過去，卻完全無法引起觀眾的反應。我們只是坐在那裡看事件發生，卻沒有被吸引，沒有被打動。

這種情況……（還有人在嗎？）……真的很糟。

我們就以一個場面刺激又快節奏的電影為例：麥克・邁爾斯主演的《魔法靈貓》（The Cat in the Hat）。姑且不論這是有史以來最不適合小孩子看的兒童片，它還是一部很忙的電影，片中發生了很多事，充斥一大堆動作，卻沒有任何重要的事情發生！它讓你目不暇給，劇情卻沒有向前推進，淨是瞎忙一場，漫無目的。劇中角色跑東跑西，我根本懶得理，也不想繼續看下去。這部電影證明了即使在片中塞滿一連串的事件和動作，也不足以構成一個「故事」，它只是直線前進，沒有轉、轉、轉！

劇情每推進一步，你就要多透露一些和劇中人物有關的事，以及各種行動對他們的意義。你做為說故事的人，必須呈現出每件事是如何影響了你的人物；你要把主角的缺陷演出來，呈現他所遭遇的背叛、面對的質疑、內心的恐懼，以及受到的威脅。你也要揭露各種潛藏的力量、還未開發的資源、尚未發現的出路，以及反派的邪惡動機，而主角此時並不知情。

你的故事情節要像一顆旋轉中的鑽石，展現所有的切面，讓它射出來

的光芒打動觀眾的心。這顆「鑽石」不能只是在銀幕上移動，它還要一直轉、轉、轉，讓人目眩神迷。你要將情節的各個面向完整展現，使其每一面都閃爍光芒，讓我們看到不同面向所隱藏的一些細節。

同樣的道理也適用在情節推進的速度。當反派步步逼近主角時，事態會演變得更快速，反派勢力對主角造成的壓力，也會伴隨強大的能量和情感，在第三幕的高潮點爆發。如果你覺得從中間點到結局的劇情，沒有變得更緊湊或更有張力，你的劇本就有問題了。

「轉、轉、轉」提醒我們應該隨著情節推展，用充滿活力的方式加快速度並揭露一切。「轉、轉、轉」讓故事充滿動能，不再奄奄一息。

如果你的情節讀起來多少有些停滯或平淡，不妨試著從其他角度來檢視它，讓它不只前進，還要加快速度。總而言之，轉、轉、轉！

情緒色盤

有人說，看一部好電影就像坐雲霄飛車。意思是說，隨著劇情展開，觀眾的情緒也會被釋放出來。你大笑、大哭、激動、害怕，你嘗到後悔、憤怒、挫折和倖免於難的滋味，最後在驚險中贏得勝利。當燈光亮起，你走出電影院，只覺得渾身上下都被榨乾了。

哇！好棒的一部電影！

無論是喜劇片還是劇情片，編劇的首要之務就是要挑起觀眾的情緒。看電影是一場情緒體驗，讓人經歷到各種情緒。

想想為何如此？我們去看電影，是想暫時逃離現實，或是期待看完之後能學到一些人生道理，但我們同時也是去體驗一場夢境，夢裡的人生與隨之而來的情感，在一個安全的環境下被重建起來。就像是做了一場好夢，我們置身在電影中，與夢中的主角一同奔走，愛情戲時我們緊緊抱住枕頭，在緊張刺激的高潮段落我們縮進棉被底下，直到大夢初醒，我們雖然筋疲力盡卻心滿意足，整個人像是被榨乾了但又非常充實。

所以，如果你的電影沒有做到這樣，那會怎樣？如果它只能引發單一一種情緒呢？如果一部喜劇片整場都在搞笑，那有什麼問題嗎？如果一部劇情片從頭到尾都讓人屏氣凝神，這樣有錯嗎？

這個嘛，讓我們看看法拉利兄弟（Farrelly Brothers）[33] 這對編導搭檔，我從來沒想到竟然會在編劇書裡提到他們。由這兩兄弟編劇和執導的作品包括了《哈啦瑪莉》（*There's Something About Mary*）、《情人眼裡出西施》（*Shallow Hal*）和《當我們黏在一起》（*Stuck On You*），他們擅長設計搞笑和低俗的橋段，並以此聞名。但如果你認為他們只會搞笑，就大錯特錯了。這兩個傢伙擅長營造各種情緒，他們的每一部電影都有引

起極度恐懼和強烈渴望的戲，也有挑起情欲和曝露人性弱點的戲。這些電影之所以成功，是因為他們用到了情緒色盤上的每一種情緒顏色，而不只是一味地搞笑。

你也要這麼做。

如果你劇本裡的情緒很單一，記得回頭替你的劇情增色。掀起欲望的戲在哪？挫折沮喪的戲又在哪？有沒有讓人恐懼驚嚇的場景？如果沒有，不妨挑一場純粹讓人覺得好笑或緊張的戲，將你欠缺的某些情緒代換進去。一個很好的做法是，列出劇本裡缺乏的幾種情緒，再將幾個特定場景分別代換成和原本不同的情緒基調。場景裡的動作、情緒轉折、衝突和結果都維持不變，但試試看用挑起情欲的氛圍代替搞笑，用嫉妒取代一成不變的衝突對峙。藉由運用多種不同的情緒感受，你能為觀眾創造一次更享受的電影體驗。

如果你不信，隨便找一部法拉利兄弟的電影來看看吧。

「嗨！你好嗎？我很好」

就算是好電影也難免會出現平板乏味的對白。但若你的劇本淨是些無聊、死氣沉沉的對話，它就永遠不會被拍成電影。當你讀過一頁又一頁的劇本，發現裡面全是這些徒占篇幅卻毫無意義的對白，你就知道

有問題了。

這種劇本真是超無聊的！而且（聽好了）還很爛。這我可以掛保證！

「嗨！你好嗎？我很好。」像這樣平淡的對話既無聊又浪費時間。這是任何人都會說的話沒錯，但若你的劇本裡充斥這些取自現實生活的對白，它看起來會很「寫實」卻也了無生趣，你的角色也完全不會給人鮮活、逼真的感覺。對觀眾來說，如果台詞很無聊，那麼講出這些話的角色八成也很無聊。

一個有魅力的角色說起話來和你我都不同，即便談的是日常瑣事，他也有自己說話的方式，這也是為什麼他比平凡人更特別。透過對白，你可以展現一個角色的個性，你不只讓觀眾知道他說了什麼，還透露出他是什麼樣的人。什麼樣的角色就用什麼樣的方式說話，因此好的對白可以讓我們間接認識這名角色的過去、他的人生觀，和不為人知的陰暗面。

所以，每當一個角色開口說話的時候，就是你大展身手的好機會。

如果你不覺得自己寫的對白很無聊，不妨試試一個簡單的小測驗，這也是麥克‧切達教我的。

在我入行沒多久的時候，有一次他讀完我的劇本後對我說：「你的角

色說起話來全是一個樣。」嗯，我當下真的覺得很難堪，有種被冒犯的感覺，而且我那時候年輕氣盛又固執己見，對此看法很不以為然。麥克‧切達他懂什麼？

沒想到，麥克教了我一個簡單的「爛對白測驗」，方法是這樣的：隨便翻開劇本裡的一頁，把說話者的名字全遮掉，再把兩個或多個角色之間的對話念出來。你能分辨出哪句話是誰說的嗎？

我在麥克‧切達的辦公室裡第一次做這樣的嘗試，結果驚訝得說不出話來。可惡，他是對的，我根本無法從對白認出誰是誰，而且我還發現了一件更驚人的事實：每個角色說話的方式都和我一模一樣！一個好的劇本，角色說話的方式應該有所不同，就算是像「嗨！你好嗎？我很好」這樣再普通不過的對白，每個人也要有各自獨特的說話方式。

就這點來說，我在寫《醜小孩》（*Big, Ugly Baby!*）的初稿時學到非常多，至今仍印象深刻。這是一部喜劇片，講一個外星嬰孩在出生時被調包的故事。劇本裡，我讓每個角色都有完全不同的說話特色，一個講話會結巴，一個老是用錯字，一個是離家在外的流動工人，說起話來有點沙特（Jean-Paul Sartre）的哲學味道，還有一對外星人父母老愛大聲嚷嚷（他們是我最愛的角色），我為了要突顯效果，特別讓他們的每一句台詞都大聲強調至少一個字！你在寫劇本的時候當然不用做到那麼誇張，但是這次的經驗讓我學到如何將角色塑造得更有特色。

（況且大聲念出對白的過程也會變得更加有趣。）我學到了就算是像「嗨！你好嗎？我很好」這類最普通不過的對話，只要加強角色說話方式的差異，就能把每個人的性格表現出來，劇本讀起來也會更有意思。

往後退一步

我曾花十個月的時間大改一部劇本。我和編劇搭檔薛爾頓當時正在合作一部「英雄的旅程」的劇本，前後總共修改了七次才搞定。之所以會改這麼多次，是因為我們犯了一個非常基本的錯誤，沒有做到「往後退一步」。要知道，這個錯誤每個人都有可能犯，包括編劇老手。

如同第四章提到的，這部電影在講一名男孩被軍校退學，回到家才發現父母竟然早就一聲不響搬到別的地方。於是我們的男孩隻身上路尋親，歷經許多有趣的冒險，一路上和許多人互動並幫助他們。

根據我們的設定，主角是個善良的孩子，他走到哪，花就開到哪，為陌生人的生命帶來改變。我們當時犯的錯，就是在創造這個樂於助人的角色時，完全沒有留給他進步的空間，我們的主角在故事開始之前就已經蛻變成長，根本不需要再經歷這趟旅程。整部電影從頭到尾，他都是同樣的好孩子，沒有什麼改變。

為了解決這個問題，我們一次又一次改稿，沒完沒了。每改一次我們就安排他在心理狀態上後退一步，好讓這趟旅程變得比較有意義。好吧，再退遠一點，設法讓他退回原點！現在說起來很容易，但是當年我們真的不知道該怎麼辦。我們那時候還不懂得要讓主角退得愈遠愈好，讓整個故事呈現出完整的蛻變成長。信不信由你，這種錯誤很常見。

很多編劇都知道自己筆下的主角們最後結局會如何，但都不希望這些角色在成長過程中經歷太多磨難，所以在寫劇本時直接幫他們避免掉很多痛苦。但是，就像教養小孩一樣，你不可以這樣做。這些角色一定要自己跌倒過才會成長，不管我們願不願意，都一定要放手讓他們經歷挫折和辛苦。

我的經驗是，薛爾頓和我都很愛我們的小主角，希望他最後能成為一個樂觀、積極和特別的孩子，但我們不想看到他在過程中掙扎受苦，這就好像我們在做習題時，省略掉自己思考、嘗試和答題的過程，直接翻到書的後面看解答。我們太想要看他達到目的地，以致於忘記了旅途的「過程」才是故事本身，而且一路上的跌跌撞撞會讓抵達終點的回報更珍貴。

「往退後一步」這個原則適用於你劇本中的所有角色。為了呈現出每個人在故事裡的成長和改變，你必須把他們帶回原點，從頭開始。別一心只想著最後結局，反而沒有讓我們享受到過程的樂趣。我們都想

看到每個角色在過程中發生的事。

這又是另一個電影必須將一切都呈現在觀眾面前的例子,讓他們看到每個角色的改變與成長,以及主角在旅程中所有的行動。盡量往後退到最遠,就像是把弓拉到最大極限,射出去的箭才會更有力,飛得更遠也更準。「往退後一步」這個原則能幫助你確認這一點。

如果你發現故事中的任一角色還沒有將歷程完整呈現,不妨往後退一步,把所有過程都展現給我們看,因為那是我們想要看的。

跛腳和眼罩

有時候劇本裡最基本、最重要的部分已經做好,主角很主動,反派很邪惡,劇情過了中間點之後張力節節升高、衝突一觸即發,而角色之間的對白也都很精采。一切都很完美,只有一個小小的問題:配角似乎太多了,很難區分彼此之間的差異,審讀劇本的人會搞不清楚誰是誰。這令你感到不解,差別不是很明顯嗎?

其實,你還沒有幫故事裡每一個發揮作用的角色,都創造出非常鮮明的外表特徵,讓我們能分辨他們之間到底哪裡不同。雖然我們常會用「噢!他們會在選角時一併解決這個問題」來當藉口,但我有句話奉勸,如果審稿員無法看出各角色之間的差異,那你也等不到別人來為

你的電影選角了。

你要確認每個角色都有「跛腳和眼罩」。

他們已經有各自獨特的說話方式，但也要在他們的外觀上加入一些特徵，讓審稿員印象深刻、牢牢記住。審稿員需要有一個視覺上的提示，通常是某個看得見的特徵，使他更容易記住一個角色。為了要讓角色擁有好記的外表特徵而給他們跛腳和眼罩，聽起來或許有點蠢，但這確實是很有效的辦法。

通常，來自審稿員的反應會讓你發現角色在外觀上需要補強。我有一次遇到的狀況，正好是用「跛腳和眼罩」解決問題的絕佳範例，讓你看到如此簡單的小技巧竟然可以產生這麼大的效果。

那時我和薛爾頓正在創作我們那部命運多舛的劇本《嗆辣女孩》，劇情是一名男孩暗戀一個女孩，只要男孩在場，他總是像一盞指引女孩的明燈，把她拉回道德的正軌。這個男孩風趣又早熟，如果他是個成年人一定充滿魅力，只不過在他這個年紀，太聰明不見得是好事。雖然男孩對劇情的發展至關重要，但不知為何，總是很難讓人記住他。我們的經理人安迪・柯恩讀過好幾份草稿，但每次讀到這個男孩出現的地方就會卡住。這個人是誰？沒錯，他有很重要的作用，但是他到底有什麼吸引人的地方？我和薛爾頓嘗試改寫對白，讓男孩更聰明、更風趣一點，但是沒有用。

最後，薛爾頓想出了一個妙方。在男孩初登場時，我們描述他穿了一件黑色 T 恤，並留了一小撮山羊鬍。這樣的造型和這個角色非常搭，完全沒有違和感，透露出男孩內心成熟，卻也和同年齡的孩子一樣，渴望讓自己的外表看起來更時髦。而每次男孩出場，我們都會提起他的造型。當我們再度把劇本交回安迪手中時，他打電話來告訴我們說，他不知道我們哪裡動了手腳，但現在這個男孩的形象躍然紙上，變得鮮活起來，讓他印象非常深刻。我們其實沒做多大的更動，男孩還是和先前一樣，只不過是多了「跛腳和眼罩」而已。

但光是這樣，就可以讓劇本讀起來大不相同。

這樣算「作弊」嗎？不算！這個技巧是電影編劇工作的一部分。當你發現劇本中有許多面目模糊的角色，很容易彼此混淆，不妨用一句話來時時提醒自己：我想這傢伙需要來點「跛腳和眼罩」。

它夠原始嗎？

我在本書裡不斷提到「原始」和「根本」。對我來說，這是我在創作與修改劇本時採用的準則。電影應該要愈原始愈好，所以我在創作每一部劇本時，從頭到尾都會不斷問自己一個問題：「它夠原始嗎？」

這個問題還有一個更白話的翻譯，叫做：「原始人看得懂嗎？」意思

是，這部電影能不能在最基本、最貼近人性的層面上打動觀眾的心？你的情節是否緊扣求生、填飽肚子、性、保護所愛之人與面對死亡的恐懼等，這些來自原始人性的動力？電影裡每個角色的目標都必須出自一個原始而基本的動機，即使表面上看起來不是如此。如果你能讓驅使角色的力量更原始，不僅可以讓故事更觸動人心，你的電影也會更容易賣到全世界。

想一想吧。

每個中國人都看得懂愛情故事；每個南美洲人也都看得懂《大白鯊》和《異形》這類電影，因為「別被吃掉」是很本能的反應，甚至用不著任何精采對白你也看得懂。不過，當你在修改配角或情節支線時，這個原則也同樣適用。這些小角色的動機是否也是出自原始本能？換句話說，他們的言行是否跟活生生的人類如出一轍？答案必須是肯定的，否則你寫的就不是人類會遇到的最根本問題。

讓我們假設你有一個很酷炫的電影概念：一群股票交易員想操縱國際金融市場。好，聽起來很有趣，但無論它的情節是什麼，只要賦予每個角色出自人性原始的渴望，你的情節就會建立在人人都能懂的基礎上。頓時，這部電影講的不再是一群股票交易員，而是關於人們努力討生活、求生存的故事。

以下是幾部賣座電影中的原始動力：

- 渴望拯救家人。——《終極警探》
- 渴望保衛自己的家。——《小鬼當家》
- 渴望找到人生伴侶。——《西雅圖夜未眠》
- 渴望報仇。——《神鬼戰士》
- 渴望求生。——《鐵達尼號》

以上每一個出自人性本能的需求，歸根究柢其實都是生理需求，我們或許可以稱之為人性的最高指導原則，會更為貼切。

一個人渴望彩券中獎，其實是在渴望有錢之後可以享受山珍海味、三妻四妾和兒女成群（想生幾個就有本錢生幾個）。渴望復仇，在本質上是幹掉競爭對手，讓自己的基因有更多延續下去的機會。渴望找到親生父母或兒女，其實是想要照顧和保護與自己有血源關係的基因，使其繼續生存下去不受侵犯。

你也許認為你的故事層次更高，不需要那麼原始，但其實不然，一部電影最核心的東西一定要人人都能懂，就算是原始人也要能產生共鳴。

讓我們做個結論，每當你對自己的作品有疑慮時，請捫心自問：「它夠原始嗎？」

總結

所以，現在你知道可以用這些簡單的法則來檢查你的作品。如果你的劇本很平淡乏味，或是審稿員不太能理解你寫的東西，並且無法確切說出問題所在，以下九個簡易的思考方向，可以幫助你找出劇本裡的弱點，你再著手修改：

1. 我的主角是否帶頭行動？他是否受到某個渴望或目標的驅使，並且在過程中的每個階段都主動出擊？

2. 劇中人物是否用對白解釋情節？角色的台詞是否像小說家在敘述情節，而非透過角色的行動呈現出來？

3. 壞人夠壞嗎？他能否帶給主角夠大的挑戰？正反雙方是否勢均力敵呢？

4. 過了中間點之後，情節是否發展得更快更緊湊？隨著劇情進入第三幕的大結局，是否有更多關於主角和反派的內情被揭露出來？

5. 我的劇本只呈現出單一情緒嗎？它是否從頭到尾只有緊張、只有搞笑、只有悲傷，或只有沮喪？覺得哪裡需要轉換情緒，卻還沒有做到？

6. 我寫的對白很平淡乏味嗎？在做「爛對白測驗」的時候，我的每個角色的說話方式都一樣嗎？我能依說話方式來分辨誰是誰嗎？

7. 我的配角們都各有特色嗎？他們的形象是否容易分辨，並都能讓人留下印象？每個人是否都有獨特的說話方式、行為舉止和外表特徵？

8. 主角旅程的起點是否退得夠遠？我能在故事裡看到主角完整的心路成長歷程嗎？

9. 我的故事本質夠原始嗎？劇中人物的內心深處是否受到人性原始的渴望——被愛、求生存、保護家人或復仇等——所驅使？

在上述九個原則下，若你覺得劇本還是有些地方不太對勁，你現在知道該怎麼做了。你已經學會這些技巧，可以回頭檢查並修改劇本。但是你真的會去做嗎？難就難在這裡。

讓我告訴你，只要你覺得哪裡不太對勁，就一定要去抓錯、修改。因為如果你和你的第一批讀者能察覺到劇本有問題，大概每個人都會看到這些問題。別偷懶！千萬別說「噢！不會有人注意到的」，因為其他人一定會注意到。你最好現在就放聰明點，鼓起勇氣去改稿，這會比劇本已經躺在史蒂芬‧史匹柏的桌上再來後悔要好得多。

第一印象最重要，因此在每位審稿員面前，你只有一次好好表現的機會。試著放開你對自己和作品的溺愛（天知道我愛上自己的作品多少次了），做你該做的事。儘管有個刺耳的聲音在你耳邊說：「它好爛！」但是你會立刻用成熟、穩重、篤定的聲音回答：「不過我知道該怎麼改！」

這就是專業和業餘的不同。

練習

1. 回頭看你最愛的電影類型，選出一部你覺得最弱的片子，用上述九個原則修改，再看看是否有所改善。

2. 從你喜愛的類型中再選出一部片子，研究主角和反派之間的關係。想像一下將反派的力量削弱，看看這樣做會如何破壞他們之間的相對關係。這個簡單的改變是否也會讓主角看起來沒那麼吸引人了呢？

3. 試試看在生活中「用對白解釋情節」。你可以在派對上或是在和朋友聊天時這樣說：「我當然很高興自己是一個在芝加哥出生的編劇。」或是：「天啊！我們打從高中認識到現在，已經做了二十年的朋友。」看看他們會有什麼反應。

8. 最後出擊

我們的編劇課已步入尾聲，至此我們聊過了許多相關主題。

就在我寫書的這段期間，我的劇本創作仍然持續進行（真是謝天謝地），同時好萊塢也發生了很多事：

■ 續集電影的票房有好有壞。
■ 許多續集片和老片重拍都大獲成功，但也有些死得很難看。
■ 「強勢上檔、力拚首週票房」（爭取全美超過三千家戲院排片）的電影發行策略仍繼續被採用。這些電影幾乎都可以回收大半成本，即使有時候票房在第二週就跌了七、八成。
■ 比起其他類型的電影，闔家觀賞的家庭片在票房表現上更為亮眼。

簡單來說，整體情況非常有趣，現在是百花齊放的黃金年代。最重要的是，好萊塢電影仍是一個獲利極高的產業，因此片廠和金主都很願意把錢投資在新秀身上，這個現象對於創作原創劇本的你而言，有好有壞。

好的方面是，電影公司有錢買你的劇本。剛才提到，續集片和老片重拍未必都是票房保證，這表示電影公司變得更需要你了，他們會比過去更需要原創的電影構想，因此向你買原創劇本也是合情合理的事。

壞的方面是，電影公司老闆喜歡將成果歸功於自己。他們認為，一部電影要在商業上取得成功，靠的是屬害的行銷、精準的預算規畫，以及對於拍片、製片過程更嚴格的控管。這些大老闆們每天都在祈禱第二天太陽會照常升起，還相信大夥兒有飯吃都是因為他們努力祈禱的結果。老天爺還真眷顧他們！

但這些都不該使你卻步。如果你能從本書學到什麼，那就是你要把電影劇本當作是一個「商業計畫」，從這個角度來思考該怎麼寫、怎麼賣你的劇本。只要你有創意、有方法，你也可以把劇本賣給好萊塢；而且如果你做到了，你的未來將無可限量。

一個吸引人的故事前提和必殺片名會讓人注意到你；一個好的劇本架構能保證你掛名編劇；懂得如何修改自己的劇本（或任何交到你手上的劇本）可以讓你在編劇這一行繼續生存下去。如果你精通本書所提的要點，你將會脫穎而出。

但我們是不是在做超過自己能力範圍的事呢？

然後，該怎麼做才算是真的踏進這一行？

企圖心與運氣

每當我的第一堂編劇課結束前,總會有人問我一個所有編劇都關心的問題:「經紀人要怎麼找?」

如果我告訴你一切全憑運氣,你會信嗎?如果我要你別擔心,船到橋頭自然直,你會不會覺得我有病?也許你不會這樣想。但我之所以這麼認為,大概是因為我可以很自在地向別人推銷自己。我非常喜歡向人推銷我自己和我的劇本,我不怕接電話,喜歡在社交場合裡認識人,並且在隔天就打電話給他們(如果他們有給我名片的話),我也會拖著朋友要他們介紹那些我覺得會想認識我的人。

我認為自己身上有別人想要的東西。我喜歡電影這一行,也想認識這一行裡的人,最糟的狀況不過就是被拒絕而已嘛。

以下是我遇到我頭兩個經紀人的故事,一次是企圖心的展現,另一次則是運氣。

先從第一個經紀人說起,能遇到他全憑我初生之犢不畏虎的勇氣。當時我和幾個朋友一同製作了一部電視劇前導片叫做《空白秀》(The Blank Show),是針對當年剛萌芽的有線電視風潮而製作的爆笑惡搞喜劇。我們用非常少的錢把片子拍出來,卻不知道接下來該怎麼辦。於是我自願接下行銷工作,來到洛杉磯把影片交給了公共電視台,

也得到對方承諾播出的日期和時間。接下來的幾個星期，我帶著節目傳單在西區張貼和發送（我猜製作人都住在那一帶）。節目最後終於在某個星期天晚間播出，隔天一早我就接到了巴德‧傅利曼（Budd Friedman）的合夥人打來的電話。巴德‧傅利曼是即興喜劇俱樂部（The Improv）的創辦人，他超愛我們的節目，問我們願不願意讓他做經紀人！於是我安排我那幫死黨來洛杉磯和巴德見面，他也當場提出了合作計畫。企圖心加上一點點運氣，讓我們被更多人看見。儘管我們的喜劇團隊後來還是解散了，但是我和巴德‧傅利曼依然維持良好的友誼，直到今天。

這是「勇於行動」就能達到目標的最好例子，所以你也應該要這樣做。不過有時候運氣更重要。

我會與第二個經紀人認識，則完全出於偶然。她是我合作過的經紀人裡最棒的一個。當時我是 NBC 情境喜劇《僅限教師》（*Teachers Only*）的製作助理，有一次我趁工作空檔回聖塔芭芭拉的家過週末，雖然開長途車很累，但是我沒有休息，一回到聖塔芭芭拉就先去酒吧喝一杯，順便看看能不能多認識幾個女生。而我也真的遇到了一個，我對她一見鍾情，她最後也成為了我的女朋友。不過你錯了，她不是我的經紀人，但是她最好的朋友想當經紀人。我跟那位朋友也處得很好，所以當她正式成為經紀人時，第一時間就邀我做她的第一批客戶，我也立刻答應了。

這就是我遇到經紀人希拉蕊・韋恩的故事，一切只因為我去酒吧裡喝了一杯。

希拉蕊是我遇過最棒的經紀人，我們一直維持非常好的合作關係。她看得懂我的作品，也看到了我將電影故事概念化的能力，她不只替我的劇本談成交易，更為我的編劇生涯打下穩固的基礎。雖然她也才入行沒多久，但她不僅擅長賣劇本，還非常懂得幫劇作家和劇本找到市場定位。

希拉蕊知道該怎麼幫她旗下的編劇打造事業，我的編劇事業就是她一手打造的，而且是從零開始。在我們合作的那段時期，正好是好萊塢原創劇本交易當道的黃金年代，電影公司的大老闆們會為了搶一個原創劇本互相叫價，喊到一個劇本幾百萬美金也在所不惜。希拉蕊是策動競價的個中高手，她知道該邀請誰一起叫價，然後締造驚人的成交數字，好登上隔天的《綜藝報》頭條。

在我眼裡，希拉蕊不只是一個經紀人，還是我的事業夥伴。我們之所以合作無間，是因為彼此在各方面都志趣相投。我們都渴望成功，也都竭盡所能提供我們認為市面上需要的作品。我們一起預測市場趨勢，再由我負責生出劇本，她來負責賣。我們就這樣一起賺了好幾百萬美金。若不是希拉蕊在一九九八年去世，我現在仍會和她繼續合作。

我常在想,她要是還活著,現在會用什麼方式做生意?大環境不同了,原創劇本的熱潮已不復當年,但是好萊塢仍需要好故事和好編劇。無論你想怎樣走出自己的路,你一定要大膽出擊,而且一定要找到屬於你的希拉蕊·韋恩,因為你不可能單打獨鬥、孤軍奮戰。

對我來說,講自己的故事是一回事,把我放到你的處境,重新思考身為一個新人該怎麼做,又是另外一回事。我是幸運的人,也願意走出去與人交際互動,但並不是每個人都有辦法這樣做。身為編劇,我們通常比較內斂,喜歡獨處,但如果你想把劇本賣出去,就必須先學會推銷自己。我是用非常健康和正面的態度來看待這件事。要知道,你如果真心喜歡自己的作品,根本不會需要用到那些愚蠢的推銷技倆;你如果能找到一個事業夥伴,魚幫水、水幫魚,你們便能互蒙其利。

這就是我抱持的一貫態度。

所以,也許我可以告訴你一些接下來該做的事,讓你明白大致上會是什麼情況。你要做的事可多了,寫出一部完美的劇本只是眾多事項裡的一小部分。你還需要離開書房,走出去與人交際,你必須換上乾淨的衣服,擦亮鞋子,並且面帶微笑。

事前準備

你必須事前擬好計畫，並且按部就班去做，就像你在為電影設計情節（並且安排一個好結局）一樣。

讓我們整理一下你有的東西：

首先，你有你自己，電影編劇一名，已經寫了 N 部劇本，過去成交的紀錄有好有壞，你熱愛電影和電影創作者。

再來，你有自己的作品——你最好的一部劇本——和幾個電影提案（包括已經被寫成劇本的那些電影提案）。如果你有照著第一章的建議去做，你的故事前提和片名應該都已經準備好了，它們也會非常吸引人。

你對於接下來的需求也有粗淺的認識：你需要一個經紀人幫你賣劇本，也需要有製片願意買你的劇本，或是和你建立合作關係，一起把劇本調整好、賣出去，並拍成電影。

如果你手上還沒有經紀人與製片名單，你最好自己整理一份：

- ■ 上網連到好萊塢創作名錄（Hollywood Creative Directory，簡稱 HCD）的網站 [34]，花五十塊美金買一本來看（你應該要買的）。

可以先從曾經或正在製作與你同類型電影的製片、編劇同行和電影公司開始看。

■ 你也可以買一本由 HCD 出版的創作者經紀公司名錄，整理出一份類似的名單，無論是大型或小型的經紀公司，找出和你個人電影品味相同的經紀人。從現在開始，你要學著放聰明點了。

踏出第一步

你可以寫信與任何人連絡，可以在他們家門口搭帳棚守候並跟蹤，也可以像我一樣，自己製作《空白秀》在洛杉磯公共電視台播放，等人自動找上門來。不管你用的是什麼方法，總要穩健而篤定地向人介紹你自己和你的作品。我認為成功的關鍵是先要讓人認識你。你要把作品包裝得和你個人有關，讓別人願意見你、認識你，這才是向人介紹自己作品的最好辦法。我的天才經紀人希拉蕊常說一句話：「能賣的作品背後都有一個故事！而這個故事的主角就是你。」但要怎麼將你的故事說給那些名單上的人聽呢？

■ 見面比打電話要好。
■ 打電話比寄信要好。
■ 寄信比發電子郵件要好。

■ 我通常會把陌生人寄來的電子郵件直接刪掉，除非有人事先告訴我會有這麼一封信寄來，或是碰巧這封信能幫上我什麼忙。

這一切的重點在於，不要老想著要立刻看到成果，而是把這些事情當作長期目標來經營。你當然需要一個經紀人，而且是現在就需要，但是為自己建立名聲也是需要花時間的。如果你順利開啟了自己的電影編劇事業，在接下來的許多年裡，你還會一直遇到這些人。所以，別斷自己的後路，至少別切斷所有的後路。做人圓融一點，多為別人著想，要樂於助人，要保持樂觀。

與人談話時多設身處地為人著想：他們想要什麼？你要怎麼讓自己更容易相處？要怎樣才能讓他們覺得與你見面不是在浪費時間？

告訴你一個黃金法則：當你手上的劇本已經快要談成的時候，找經紀人就容易了，而如果已經有人買過你的劇本，你在向別人介紹自己的時候也會更容易。所以我總是建議，如果有任何登記有案的電影公司想買你的劇本，即使費用少得可憐，你也一定要抓住這個機會。有人主動與你接觸是多麼難得的事！只要你有劇本正在製作中，無論價碼多麼微不足道，都能向人證明你並非乏人問津，而且你在自我介紹的時候也多了一件事可以拿出來講。

現在你知道你賣的是什麼，也知道你想賣給誰。但要如何讓自己的提

案與眾不同呢？面對這些一天到晚都在審提案的人，你該怎麼吸引他們的注意力？如果我告訴你這就像在發動引擎，得一次一次嘗試直到車子起動為止，你聽了會不會臉色蒼白？

而這就是你必須付出的時間和精力。

只管堅持下去，如果出現任何進展，哪怕只是一點點，都算是一大進步。即使你不見得馬上就能找到經紀人、馬上就能賣出劇本，你每寄出一封信、接起一通電話，或是多和一個人見面喝咖啡，都是在向前邁進。如果你遇到以下情況，就表示你在自我推銷上又有進展了：

■ 某位經紀人或製片說你的劇本目前不合他的需要，但之後你若有新的劇本，別忘記找他。

■ 你和某位經紀人或製片談過之後，覺得你很喜歡他。這是好事，表示你有盟友了。人與人之間的互動和感受是雙向的，你對他的感覺和他對你的感覺同樣重要。現在你多了一個你想繼續保持聯絡的人，即使對方這次拒絕了你也沒有關係。

■ 你名單上的名字已經從五十位可能人選刪到只剩下三個。那四十七個拒絕你的人是你必經的考驗，而每一次的拒絕都讓你離成功更近一步。所有的努力老天爺都看在眼裡，你離賣出劇本的時刻愈來愈近了。

■ 你得到了別人給的推薦名單。儘管你聯絡過的人都拒絕了你，但你一定要挑一個適當時機提出這個問題：「能否請你為我推薦其他人，讓我可以和他們談談工作？」來自專業人士的推薦就像黃金一樣寶貴[35]，而我認識的每一個人都樂於答應這項要求，信不信由你，大家都希望能幫助你成功。

建立人脈

除了靠自己全面性地篩選經紀人和製片名單，你還可以找誰幫忙？當然是找你認識的人。但是要上哪去認識這麼多人？這個嘛，有些事情就算沒有經紀人，你自己也可以做。

■ **參加電影節：**如果在你的城市或鄰近地區有電影節，你一定要去參加，去那裡交換名片，向別人介紹你的劇本，也聽聽別人怎麼提案。認識一個算一個，而且你遇到的每一個人都還會再認識三十個你不知道的人。所以，會後記得保持聯絡，也請他們推薦其他人給你認識。對於幫過你的人，你也要想想該怎麼還這些人情，看看你能在他們的工作上幫點什麼忙。

■ **上課：**所有想當編劇的人會去上的課你都要去，但別忘了，所有想當製片的人會去上的課，你也要去。在我家附近的

UCLA 每學期都有製片的專題討論課，對編劇來說那是一個很棒的場合，可以認識到一群將會成為明日之星的年輕製片。你家附近的大學或許也有類似的課程。

■ **加入編劇社團：** 你也可以在網路上或社區裡找到很多編劇社團。我參加了很棒的一個，叫做「編劇玩家」，裡頭的成員是一小群經驗豐富卻默默無聞的電影編劇。透過社團，大家可以把彼此的人脈資源整合起來，幫助自己也互相幫助。如果社團組得好，你們當中一定有人最擅長喜劇片，也會有人專攻恐怖片，諸如此類。說不定其中有社員認識的某位製片，他幫不了那位社員，卻可以幫上你的忙，反之亦然。如果你還不知道哪裡有這樣的編劇社團，上網查一下或是自己辦一個。

■ **寫影評：** 既然你這麼喜歡電影，不如開始寫影評吧，你可以在網路或報章雜誌上發表。身兼導演和編劇的羅德·拉里（Rod Lurie）就是以這種方式開啟他的電影生涯，法國新浪潮大導演法蘭索瓦·楚浮（François Truffaut）也是如此。在某個機緣下，有人發現他們真的懂一點東西，於是給他們機會拍片。透過發表影評，他們建立起一個可以曝光的平台，當機會來臨時，他們的劇本和電影計畫早就已經準備好了。

■ **到洛杉磯來：** 洛杉磯是電影重鎮，你可以只來訪一個星期或

是乾脆搬過來住，別繼續賴在你的愛荷華小鎮了。如果人生可以從頭來過，我會立刻搬到洛杉磯，做什麼都行，最好是審讀劇本的工作，這樣我在寫劇本的同時，還可以盡量多讀劇本、多認識電影業內的人，而且愈多愈好。如果我只能來洛杉磯一個星期，我會盡量安排和許多製片見面，也會參加各種屬於演員、導演和編劇的聯誼活動，並且備妥我的自傳、名片、劇本試讀段落、劇本概要等資料。我也會附上照片，方便大家記得我的長相。你還在等什麼？

■ **建立個人網站：**我還沒有試過這個方法，但是你可以建個網站來介紹你和自己的作品。把照片和自傳放上去，列出你正在進行的創作計畫，並附上劇本概要和試讀段落供人下載。你甚至可以列出目前正在談的劇本的相關細節，並且把有興趣買你劇本的人列為推薦人（當然要先徵得他們的許可）。你也要把網站連結放到名片上供人參考。想要更認識我嗎？上我的網站看看吧。

別輕易嘗試

你不但要知道該做什麼，還要知道不該做什麼。以下幾件事有些人會建議你做，但我覺得不太有幫助。要記住，行銷自己的關鍵在於多與人接觸，而且盡可能要面對面。所以，下面幾件事就我個人觀點而言

真的沒有必要：

- **投劇本獎：**我講這個大概會被千夫所指，但我還是要說，我覺得投劇本獎非常浪費時間，它是比較晚近才開始的風潮。很多人為了等結果揭曉而魂不守舍，整天期待主辦單位的來電或來信，看看自己是否擠進了前百分之十，姑且不論這個數字到底代表什麼意思。我對這種做法只有兩個字要說：別了！

    對業內的經紀人和製片來說，拿劇本獎沒有任何意義，它無法帶給你實質的幫助。如果你就是喜歡參加比賽，那很好，但我認為這樣做是徒勞無功的。他們會給你豐厚的獎金嗎？他們會把你的劇本拍成電影並找大明星來演嗎？都不會！我還沒有看過哪部得獎劇本是由湯姆·克魯斯主演，我想你應該也沒看過吧？你讀我的書，不就是希望你寫的劇本可以拍出來，而且是由像阿湯哥那樣的大明星來演？只要我們都同意這一點就好。

    但就另一方面來說，有些劇本獎評審真的曾寫出能賣的劇本，或是他們本身就是大片廠裡的人，這些專家能提供寶貴的學習經驗和拓展人脈的機會。所以，如果你非要參加劇本獎不可，你得先做點功課，把簡章看清楚，再多找些人打聽，瞭解一下那些專業的高層人士是否名列評審團、會不會透過研討會指導參賽者。如果一個劇本獎和這些人都無關，

那你也別參加了。

■ **耍花招：**不管我們自認多聰明，有時難免會弄巧成拙。我們
總以為所有人都能懂我們的「創意」——呃，其實並非如
此。耍噱頭是沒有用的，用蹩腳的技倆引人注意也不會有
效。還有些事你千萬別做：別把自己裝箱寄到經紀公司去；
別在《綜藝報》買整頁廣告放你的照片和聯絡電話，還配上
一句文案：「為了生活，我什麼都能寫。」也別跟你最崇拜
的影星人形立牌合影，把照片寄給對方並附上一句：「讓我
們一起共創事業吧！」最後，不管你做什麼，千萬別威脅從
好萊塢的招牌大字上跳下來，以為這樣做就能逼某些人去讀
你的劇本。親愛的，早有人這麼幹過了。

電影提案經驗談

除了教你賣劇本和推銷自己的基本原則之外，我也該談一些自己做過
的事，要不然就太可惜了。我嘗試過各種方法，有的成功，有的失
敗，所以我下面要講的你聽聽就好，如果你想照著做，後果請自行負
責。

講到「特色提案」，我可以分享一些趣聞軼事，像是有一次我和超
愛搞笑的老友兼編劇搭檔崔西‧傑克森[36]做了一場非常完美的電影

提案，結果製片大衛・波莫 [37] 要我們隔天就飛去紐約向霍華・史登（Howard Stern）做報告。

我聽過各色各樣的精采提案，有些編劇和製片特別擅長此道，也因此比別人更會賣劇本。能夠認識這些人真的很有趣，其中最厲害的一位是大衛・柯許納，他是《鬼娃恰吉》（*Chucky*）系列與《美國鼠譚》（*An American Tail*）的製片，最擅長把電影提案變成一場秀。

有一次，大衛取得了電視影集《天才小麻煩》（*Leave it to Beaver*）的電影翻拍權，他去環球影業做提案時，還特別帶了一位神祕嘉賓。就在他進行到一半時，忽然傳來一陣敲門聲，緊接著，在影集中飾演克利佛太太的芭芭拉・比林斯利（Barbara Billingsley）走了進來，開始為在台下聽簡報的主管們端上牛奶和餅乾。不用說，這部電影大衛就只提案過這麼一次。成交！

還有一次，大衛向迪士尼提案《女巫也瘋狂》（*Hocus Pocus*），特地找來一群女演員打扮成女巫，製造了一場陰森森、特效十足的女巫聚會。就在那樣的氣氛下，大衛開始施展他的推銷魔法，把迪士尼高層主管給完全迷惑住。成交！

製片鮑伯・寇斯柏（Bob Kosberg）[38] 或許可以稱得上是當今的「故事前提之王」，他手上隨時有上千個故事前提可以提案。鮑伯超級厲害，每個月都能談成一到兩筆劇本交易。他與各種編劇合作，無論點子是

他自己的還是別人的，他把電影構想概念化的能力在好萊塢無人能及，而且三兩下就可以抓出有問題的故事前提，留下那些真正精采的加以發展。他每次走進會議室，都有不同的故事可以提案。成交！

我自己也有過很特別的提案經驗，印象最深的一次是讓人哭笑不得的失敗例子。我和我的第一個編劇搭檔霍華·柏肯斯合作，我們有一個電影構想，片名叫做《B.M.O.C》，基本上是校園版的《窈窕淑男》（Tootsie）。霍華當時自告奮勇要在提案時男扮女裝，親身證明「窈窕淑男」是個很可行的點子。霍華穿上洋裝還真好看，可是我們沒能賣出《B.M.O.C》。交易失敗！

不過，倒是有迪士尼裡頭的人想找他約會。

我也有過成功的特色提案經驗。一九九〇年代初期是原創劇本交易最如火如荼的年代，任何在檯面上待售的劇本總是傳聞滿天飛。哪部劇本「即將進城」的消息總是在幾天甚至幾星期前就傳開了，各大電影公司的老闆和開發部門主管無不緊緊盯牢每一部劇本的交易狀況，有時還會大吼大叫著要把某部劇本加進考慮名單。

在這樣的大環境氣氛下，讓行銷手法獨具特色變成一股風潮。像是《限時殺手》（The Ticking Man）的行銷手法就非常有趣。各大電影公司製片在拿到劇本之前都不約而同收到一個鬧鐘，每個鬧鐘設定好相同時間，就在快遞人員把劇本同時送達各家電影公司的那一刻，鬧鈴聲響

遍了整個好萊塢，這怎能讓人不印象深刻？

在我和吉姆‧哈金準備好把《核心家庭》投出去之前，也決定用一個有點藝術設計的「核輻射防護罐」把劇本裝起來，希望能營造一點故事氛圍。我們花錢去軍用品店買材料，製做了二十個劇本罐，只有那些最知名的製片才會收到這些包裝特殊的劇本。劇本是由經紀人希拉蕊負責安排寄送，我們需要先向各大片廠的保安人員解釋清楚，才讓快遞人員遞送劇本，要不然罐子實在太像炸彈啦，我們可不想引起無謂的恐慌。在當天下班前，迪士尼的傑佛瑞‧卡辛堡和安培林的史蒂芬‧史匹柏就親自打電話過來出價。

大約一年之後，我和柯比‧卡爾又準備了幾十個兒童背包，塞滿了百萬美金的玩具鈔票，然後讓希拉蕊去安排遞送《小鬼富翁》的劇本。我們用這種方式重現劇本的概念。

這兩次別具特色的電影提案都成果豐碩，成交金額各是一百萬美金。隔天《綜藝報》的頭條也報導了我們創新的行銷手法，以及它所引爆的劇本競價大戰。但是對我們來說，設計這些行銷手法完全是出於對劇本的熱情，希望審稿員也能感受到故事的氣氛，好比電影行銷必須要讓觀眾籠罩在電影氛圍裡，才能吸引他們花錢進戲院。有句話說得好：「向推銷員賣東西是最容易的。」我自己對各種出色的行銷手法完全沒有抵抗力，好萊塢的大老闆們也是。他們和大家一樣愛看精采的表演，而且對提案人所做的努力毫不吝於給予掌聲。話說回來，也

需要有人像我們這樣放膽去做才行！

不過，像這樣的行銷手法早已成為過去式，現在沒人玩這些花樣了，以後也不太可能會有。太多成交的劇本到最後沒有拍出來，原創劇本的熱潮也已經退燒。如今電影公司出價的時候比較謹慎，他們不再像以前常常激烈競價。然而，回想當年的盛況還是非常有趣！天曉得以後還會冒出什麼新奇的行銷手法，讓一部劇本在市場上獲得關注、脫穎而出（或許是透過網路也說不定）？畢竟，電影圈裡的人都喜歡特效、驚奇和演技。

就是這樣了

關於電影編劇我還有最後幾句話要說。書就要寫完了，我有點依依不捨；寫作的過程十分快樂，我也希望這本書能多少對你有點啟發。我有幸從小就是影視產業裡的一分子，經歷過各式各樣的事情，擁有過許多靈感湧現的時刻，也認識了一些好萊塢最頂尖的人。我已不虛此行。

有時候我會強烈懷疑自己，覺得自己做得不夠好。你在編劇這條路上也難免會遇到阻礙，不時會冒出想要放棄的念頭，但只要你和我一樣熱血，就一定能堅持下去，而且無論是成功或失敗，都可以讓你從中學習。只要你專心致志、不斷嘗試，一切努力都會有代價。你唯一要

做的就是帶著正面積極的態度，努力不懈，迎接機會到來的那一天。

我和柯比‧卡爾每次在把劇本投出去之前，總會用同一句話來安慰自己。我們知道自己已盡全力。我和柯比為了生活辛苦工作（我和其他所有的編劇搭檔也都一樣），我們比任何影評人都更嚴苛地對待自己。所以，每次在我們把劇本投進信箱或是交給快遞人員之前，柯比和我會說：「就是這樣了。」

這句話的意思是，你在創作一部商業性的藝術作品時，一定會受限於某些市場上的需求。如果你能做好自己的工作，徹底滿足那些需求，把各方面都顧到，而且用最有創意的方式來滿足所有的標準，那麼你能做的也就是這些，你已經盡了全力。

其他的就交給命運吧。

就是這樣了。

電影編劇這一行就是如此。我曾經反抗，也嘗試過用自己的方式硬闖，但都沒有用。電影公司的大老闆和主事者會做出各種事情讓我們這些創意工作者抓狂，但真正做決定的人是他們。沒錯，他們把焦點放在那些「當紅」的人身上，忽略了許多更有才華卻沒沒無聞的人；他們通常不會把劇本仔細讀完；他們比較想知道你能不能為他們帶來媒體曝光的機會，卻完全不在乎你在藝術方面的成長。

但這就是現實，就是這樣了。

你必須在有限的框架中走出自己的路，而這就是好好發揮你固執本領的時候了。雖然我常愛拿你的頑固開玩笑，但我其實是想鼓勵你更頑固一點。不管你做什麼，都要繼續當個頑固分子。當權者可以愛做什麼就做什麼，他們可以買你的劇本也可以炒你魷魚，或是把你的劇本改到不再是你的作品，但是他們搶不走你的熱情和堅持，無法阻止你從挫折裡爬起來，而且變得比以前更強、更聰明。

最重要的是，無論你寫的是什麼，都要試著從中找到樂趣，只要你覺得有趣，就表示你正在往對的方向前進。所以，每當你又著手一部新的劇本，寫下閃亮亮的「畫面淡入」幾個字，就算你早已寫過一百次，你仍會像第一次寫下它的時候那樣充滿期待。

附錄

名詞解釋
好萊塢常用詞彙

編按：收錄在這裡的名詞，有些是標準的電影用語，也有不少是好萊塢人士非常口語的講法，甚至包含了作者自行發明的詞彙，而某些詞彙的涵義和其字面上的意思並不完全相同。我們翻譯的原則是，希望能盡量傳遞出這些詞彙的真正涵義，並試著保留原來口語的風格。

ARC／改變歷程
指的是一個角色從劇本的開始、中間到結局所歷經的改變。我在劇本開發會議裡最常聽到的一個問題是：「主角的改變歷程是什麼？」或者是：「這些角色是否有足夠的改變？」而此時你心裡卻偷偷在想：「坐在這裡聽他們講這些，我的耐性也會改變嗎？」

AT THE END OF THE DAY／到頭來、說真的
這是所有經紀人的常用語，代表他們要告訴你一個壞消息，比方說：「我很喜歡你的劇本，也覺得很適合讓茱莉亞·羅勃茲主演，不過說真的，我們真要讓她來演一部中古世紀的音樂劇嗎？」你最有可能聽到這句話的時機，都是經紀人來電通知你壞消息的時候。

BLACK HOLE／空白處

這是指你的電影架構表、分場大綱或情節板上，你不知道該怎麼填補劇情的地方。看著那些空白處，你會質疑自己為什麼要進編劇這一行，你大可以去報考法學院或軍校，但是不行，你現在一定得把這個問題解決掉！

BLOCK COMEDY／主要在單一地點拍攝的喜劇片

指小成本、以美國市場為主的家庭電影。這類電影的技術門檻低，也不太需要把劇組拉到不同的地點拍攝，你只要在同一地點就能拍完全片，像《地獄來的芳鄰》（*The Burbs*）就是這樣。我第一次聽到這個名詞是在跟迪士尼開會的時候，當時大家在討論我賣給他們的劇本《撲克之夜》，整個故事在同一個地點就能拍完。那時候負責這個案子的高層主管對我說：「我想要看到更多這樣的劇本，你知道，就是 block comedy！」我以前從來沒有聽過這個詞，說不定這是他自創的用語也不一定，但是我喜歡這詞，現在也變成是我的個人用語了。

BOARD, THE／情節板

軟木塞板、黑板或筆記本，都可以用來把你正在構思的劇本分隔成四等分：第一幕、第二幕前半、第二幕後半和第三幕。這是一個工作空間，你只要用字卡、圖釘和彩色麥克筆等，就可以來實驗你最棒的電影構想——先看看它們排上去是什麼樣子，再來去蕪存菁。如果沒有意外，到最後你的電影會有四十場戲，全都整整齊齊地排列在你工作室裡的情節板上，還摻著你的汗水和淚水。

BREAKING THE FOURTH WALL／打破第四道牆

這是電影創作者開的一個玩笑，讓觀眾意識到自己正在看電影。「第四道牆」是指在劇場裡，觀眾席和舞台之間隔著一道隱形的牆，可以讓觀眾窺探舞台上發生的故事。而打破這一道牆，實際上就是讓角色往觀眾席回望，這個動作會把觀眾從劇情裡抽離出來。這樣做有時候有效，例如伍迪‧艾倫在《安妮霍爾》（*Annie Hall*）中向觀眾說話，但大多時候是行不通的。其中一個例子是《阿拉丁》裡幫神燈精靈配音的羅賓‧威廉斯，他詮釋一個超自然力量，卻即興加入太過貼近人類真實生活的台詞，而產生打破第四道牆的感覺 [39]。

BOOSTER ROCKET／火箭助推器

任何電影劇本都難免有某些地方容易讓人感到沉悶，通常是緊接在「重大事件」發生之後的段落，比方說第二幕開始的時候，或是一些行動逐漸減少的段落，像是第二幕結束前。這時就要用「火箭助推器」帶觀眾快速通過這些地方。約翰‧坎迪（John Candy）在《小鬼當家》中的演出就是一個經典範例。在第二幕快要結束時，媽媽急著趕回家找小孩的劇情開始給人拖戲的感覺，這是為什麼在改寫劇本時，約翰‧坎迪和他的波爾卡樂隊被加了進來，在機場裡出現。另一個具有助推功能的角色是《金法尤物》裡的美甲師。當我們逐漸對艾兒‧伍茲在法學院裡發生的事情感到疲乏，美甲師適時出現在第二幕開始的地方。以上兩個角色都像火箭助推器一樣，帶我們快速通過節奏可能稍嫌緩慢的段落。

CALLBACKS／再現的元素

指的是在第一幕就出現的簡短片段、畫面、人物特徵和隱喻，在電影的後面又再度被帶出來。通常這些元素再度出現的時候，設定背後的意義也就得到了解釋。在《回到未來》中，那張上面寫著「我愛你」的傳單，提醒了主角馬帝·麥弗萊在一九五五年閃電擊中鐘樓的事件，讓他明白必須設法利用閃電的能量為他的迪羅倫跑車充電，才能回到一九八五年。關於再現的元素，這是一個很好的例子。一般來說，再現的元素比較少是情節導向，多半用來提醒我們某個角色的成長，用往事對照出他的轉變，或是再次強調某個玩笑話，以提醒我們它在原來情境裡的意義。

CREDIT JUMPER／搶功勞的人

你已經把劇本賣給了電影公司，又依照合約重新改寫，然後功成身退。等到電影進入製作階段，你收到最新版的劇本，赫然發現你的劇本被人改了，而且通常改的還是些很蠢的地方：你的主角鮑伯現在改叫卡爾，他的車從龐帝克換成了別克汽車。恭喜啊，有人想要搶你的功勞，取代你成為這部電影的掛名編劇，而且他以為只要改了這些地方，劇本就會變成是他的。就是因為有這種事情發生，我們的編劇協會才會設立掛名仲裁委員會，負責裁決劇本的哪個部分是誰創作的。這時候，身為一個原創編劇或故事原創者的優勢就很明顯了，一般來說，你在仲裁時的權利會大過那些後來修修改改等著搶功勞的人。你有權站出來說明為什麼這部劇本仍應是你的作品，而你也絕對應該要這麼做！（好萊塢真的是很棒的地方，對吧？）

EXPOSITION／背景說明

把事實都告訴我，我只要事實，但請不要解釋到讓我睡著。許多時候電影裡需要做背景說明，像是劇情細節、搶劫計畫和背景故事之類的，但是你不能平鋪直敘地解釋這些東西，一個厲害的編劇會用很具娛樂性的手法交代它。你需要不留痕跡地將背景說明埋進故事裡，而不是用枯燥乏味的方式做介紹。說故事的高手懂得把煩人的事實和人物背景包裝得像一匙美味的麥片那麼容易入口。

FIRST REEL／第一卷膠片，指電影的前十分鐘

在默片時代，一卷電影膠片的長度是十分鐘，因此第一卷膠片放完，代表電影開演了十分鐘。讓我們將時間快轉到現代，看看喬‧西佛（Joel Silver）也就是《終極警探》和《駭客任務》等動作大片的天才製片怎麼說。他曾提出一個明智的建議：你可以在每一卷膠片的結尾來一個「爆點」或大場面的動作戲。第一卷膠片至今仍用來代表電影的前十分鐘，而我建議你要在這十分鐘裡介紹到主線的每一個角色。

FOUR-QUADRANT PICTURES／
四象限電影，指男女通吃、老少咸宜的電影

就投觀眾喜好而言，如果你手上有一部四象限賣座片，就等於中了頭彩。所謂的「四象限」指的是二十五歲以上的男性、二十五歲以下的男性、二十五歲以上的女性，以及二十五歲以下的女性這四個族群。如果你能吸引到以上每一個族群，你的電影保證會大賣。那為什麼並非每部片都是四象限電影呢？因為每個人都有可能基於不同理由去鎖

定不同的觀眾族群。如果我今天要寫一部電影，又只能挑一個族群，我一定會鎖定二十五歲以下的男性觀眾。大多數電影都是針對他們拍的，因為這個族群最願意上戲院看電影，不管他們有沒有帶女朋友一起去。他們比較可能會拉其他人一起去看他們喜歡的電影，而比較不容易被其他人拉去看別的電影。這群人是「誰會上戲院」的重要指標。這個現象也許有一天會改變，但是它可以解釋各大戲院在週末時段的排片選擇。如果你想抱怨為什麼沒人拍你想看的電影，這就是原因了。但是對於努力想賣出原創劇本的電影編劇來說，這是非常有用的資訊。

GENRE／類型

我們已經知道電影的主要分類，例如喜劇片和劇情片，這當中還可以再分出更多細類。如果一部電影是喜劇片，那麼它是哪一類喜劇？是家庭喜劇、浪漫喜劇、搞笑片，還是青少年喜劇？如果一部電影是劇情片，那麼它是動作片、愛情片、懸疑驚悚片，還是恐怖片？以上每一種類型都有各自的歷史和規則，觀眾對於不同類型的電影也會產生不同的期待。雖然將不同類型融合在一起是好萊塢當今的風潮（例如朗・霍華〔Ron Howard〕的《鬼影迷蹤》〔The Missing〕就是西部片揉合歌德風），但我還是建議你，一部電影最好只是一種類型，拜託。如果一部電影包含了不只一種類型，我會搞不清楚它的定位在哪，也不知道我為何要看它。

HIGH CONCEPT／高概念

沒人知道該怎麼解釋這個彆扭的詞彙。我知道它很難解釋清楚，因為我早就問過這個問題了。高概念的「高」到底是什麼意思？這個字有點含糊，無法描述它要傳達的涵義。我也曾到處問人，這個詞是在何時何地被提出來的，但是始終得不到答案。說了這麼多，其實我們只要看到電影就會明白了：《終極警探》是高概念電影，《英倫情人》（*The English Patient*）不是；《麻辣女王》是高概念電影，《托斯卡尼豔陽下》（*Under The Tuscan Sun*）不是。大多時候你可以把電影二分為美國片（高概念）和歐洲片（不是高概念），這也說明了為什麼美國片可以橫行全世界，但是歐洲片在歐洲以外的地方都賣不好。我建議你第一次寫劇本的時候，一定要寫高概念電影，而且是愈高愈好。如果你正好知道「高概念」一詞的定義和起源，請寫信告訴我。我會在歐洲等你來信。

HOOK／鉤子或懸念，這裡是指一部電影的包裝

啊，鉤子！在我們的行話裡，它指的是一部電影的包裝，無論是用海報或文案的方式呈現，目的都是要吸引你的注意，讓你恨不得殺到電影院去。當它出現在《綜藝報》上，你會很懊惱地想：「這個點子我怎麼沒想到？」就像是普魯斯特的瑪德蓮小蛋糕[40]，電影的包裝必須要能觸動你的無限想像、誘使你想知道更多內情，就像它字面上的意思「上鉤」。它會在你腦海中呈現簡單的影像，滿足你預期的觀影樂趣，也能提供你一窺劇情的機會，讓你看見一部電影的潛力。一個好的電影包裝之所以寶貴，是因為它對每個人都能起作用，無論是經紀

人、製片、電影公司高層主管,還是買票進場的觀眾。好的電影包裝一定都可以回答這個問題:「這部片在講什麼?」

INACTIVE HERO／消極被動的主角

什麼東西會像一條死魚躺在盤子裡?哪一種人懶得從椅子上起身去應門?這些都是消極被動的角色。如果主角的定義是要積極主動,那麼消極被動絕不是什麼好事。主角一定要主動追尋、奮鬥,想盡辦法達成不可能的任務,他們不會什麼都不做,守著電話空等。所以,若你的主角很被動,叫他趕快動起來!

IN PLAY／炙手可熱

當我們說某人炙手可熱,是指這個人非常搶手,以至於他想要異動的消息一傳出,就能引起好萊塢很大的騷動。也許是演員想換經紀人,或是導演和製片在合約到期後想找新東家,不管是哪種情況,「in play」(炙手可熱)一詞都意味著八卦滿天飛、高額價碼和萬眾矚目。不過,如果你是個電影編劇,這個詞永遠不會適用在你身上。雖然別人還是有可能用「in play」來描述你的狀態,不過對好萊塢業內人士來說,這只不過代表你現在「有空」接案而已。

LOGLINE OR ONE-LINE／故事前提或一句話劇情概要

故事前提是指針對電影劇情的一到兩句概述,告訴我們它在講什麼。故事前提必須要點出誰是主角(再用一個形容詞來描述他)、誰是反派(條件同上),以及主角所追求的目標,而這個目標需要出自人性

最原始的渴望。故事前提必須具有諷刺意味，並且能激發我們的無限想像。一個好的故事前提能讓你在好萊塢暢行無阻，它還具有貨幣的性質，讓你可以跟任何喜歡它的人展開交易。

MAJOR TURNS／轉捩點

一部劇本的轉捩點包括了第二幕開始、中間點和第三幕開始，它們位在情節板上每一行的最末端，很容易就找得到，這些也是你最需要花心思設計的地方。在提案時，你要能夠說出這些轉捩點，而且如果運氣好，說不定電影公司高層會記得其中一個。但是你在提案前務必要把這三個轉捩點做好，因為只有轉捩點定下來了，你才有辦法把劇本完整架構出來。

ONE-SHEET／電影海報

「One-sheet」是老一輩的用語，指電影海報，如今我們直接稱它作「the poster」。我不曉得這個名詞的由來，只知道這它和紙張的印刷尺寸有關。電影海報上會出現片名和卡司陣容，也要呈現出電影的調性。一張出色的海報對於新片宣傳的重要性難以言喻，同時也有助於電影下檔後的 DVD 銷量。

ON THE NOSE／原意為太過直接，此處可引申為了無新意

這是我最愛的一句開發部門總監用語，每當有人提出來的意見太明顯、太沒意思，或是大家早就看過了，他們就會說：「這感覺有點了無新意。」（It feels a little on the nose.）至於熬了一整夜就是想避免「了無新

意」的你，此刻只覺得心在淌血啊。

PAGE ONE／形容劇本空有好的構想和設定，內容卻乏善可陳

當劇本開發部門總監拿到一部劇本，看到裡面有很好的構想和幾個不錯的角色，除此之外就什麼都沒有了，這時他會絕望地大喊：「It's a Page One！」表示有某個可憐的傻子將要被指派去徹底重寫這部劇本了。這句話和修車廠技工指著一部撞壞的車子對你說「它全毀了」，是差不多的意思。

PRE-SOLD FRANCHISE／具有粉絲基礎的票房保證片

當小說、漫畫、卡通或老影集已經累積了一群既有粉絲，以這些故事、角色與設定為基礎而改編的電影，就會被認為是具有粉絲基礎的票房保證。這麼說是假設這些電影已經有某一群人會買帳，只要片子一上映，他們就一定會進戲院。但實際情況不會總是如此，問問《天降奇兵》（*The League of Extraordinary Gentlemen*）的製片就知道了。不過，如果你的劇本在開拍前就已經有一群潛在的觀眾基本盤，他們知道電影大概在講什麼，你就等於是贏在起跑點上。即便原作是大眾所不熟悉的作品，像是由漫畫改編的電影《MIB 星際戰警》（*Men In Black*），也會讓人相信他們能夠從一小群粉絲建立起好口碑，進而吸引到更多人去看。雖然一個原創編劇的手上不太可能握有這類故事、角色或設定的電影改編權，但不代表你只好就此打住，你應該要勇於創作自己的故事，讓它有朝一日也成為有觀眾基本盤的作品，而且粉絲愈多愈好，開啟續集的可能性。

PRIMAL／原始、根本

所有故事、角色目標和電影前提裡的基本元素，都一定要與人類內在的渴望和衝動有關。舉凡和生存、性、飢餓與復仇有關的故事，都會讓人立即聯想到自己的切身利益，因此當這些主題出現時，我們會特別留意，這樣做是出於反射，是發自人性的原始本能。對於身為電影編劇的你來說，這表示你必須讓故事裡的每一個重要環節都緊扣人性原始的渴望。如果劇中人的表現不像人，他們不被人性原始的渴望所驅使，那你就是在考驗觀眾的耐性了。關於你的劇本，你要自問：「它夠原始嗎？」意思就是：「原始人看了也會有感覺嗎？」而答案只能有一個：「會！」

PROMISE OF THE PREMISE／對前提的承諾

一部電影的前提，也就是「它在講什麼」，只有呈現在大銀幕上的時候，我們才知道它是否讓人心滿意足。我們看到吸引人的電影海報，好奇心被勾起，會期待自己進了戲院也能得到同樣的滿足。如果期待落空，我們會覺得不舒服，覺得自己被騙了。對前提的承諾指的就是那些將故事前提發揮到淋漓盡致的幾場戲，通常出現在我稱之為「玩樂時光」的轉折段落裡（第三十頁到五十五頁）。這幾場戲會讓我們充分瞭解到一部片在講什麼，而這也是一開始吸引我們買票進戲院的理由。

RESIDUALS／分紅

賞心悅目的黃綠色信封，每三個月會出現在幸運編劇的信箱裡，而我

們都知道裡面裝的是什麼：錢！這解釋了為什麼每個人都衷心期盼自己的劇本可以被拍出來，因為它每在電視上播映一次、每賣出一張DVD，或者每在一個不同的國家上映，美國電影編劇協會的分紅部門都會追蹤記錄，並且為我們帶來源源不絕的分紅！可別小看它的金額，到目前為止我靠著兩部電影就已經拿到超過十萬美金的分紅，而且到現在還持續有錢進來。只要有夠多的劇本被拍成電影，你這輩子靠分紅就能過得很滋潤。

RUNNING GAGS／反覆出現的動作

「反覆出現的動作」和「再現的元素」看起來很相似，作用卻不一樣。再現的元素是用來提醒觀眾，第一幕的情節或發生在角色身上的事件，對後來的劇情發展是有意義的；而反覆出現的動作則是用來點綴整部電影，它可以是重複出現的主題、畫面，或是某個角色的招牌動作或習慣。這些動作愈是反覆出現，觀眾就愈吃這一套，他們會覺得自己很聰明，居然記得住這些小地方，因此會更加融入劇情。如果某個角色被設定成愛喝咖啡，那麼我們會喜歡看他不時走進餐廳裡點一杯咖啡。這個動作看似微不足道，但是我們會因為自認瞭解這個角色而會心一笑。反覆出現的動作也可以是某個笑話梗，讓人注意並且記住，在喜劇片和劇情片裡都有這樣的例子。你要特別留意的是，當角色隨著劇情有所成長改變，這些反覆出現的動作也會需要拐個彎或來點改變；例如當某個角色再次走進咖啡廳，卻點了一杯……茶。

SET PIECES／獨立橋段

獨立橋段是可以獨立出來的動作戲或連續場面。所謂「獨立」是指一個橋段對於推動劇情或加深觀眾對角色的瞭解並沒有太大作用，而是利用不同情境的各種可能性或是根據電影的前提來做變化。因此獨立橋段就像是電影裡的套件，可以隨意使用或互換位置。一場在高速公路上的飛車追逐戲如果在設定上和情節本身無關，你也可以將追逐的場景換成在超市、遊樂場或賽車場。這就是獨立橋段——當電影公司刪減預算、導演堅持創作理念，或是某位大明星否決飛車追逐的時候，它是可以直接刪掉或是自由修改的一場戲。

SIX THINGS THAT NEED FIXING／需要彌補的六個缺憾

這是我發明的詞彙，我自己也經常使用，它整理出主角人格上的小缺陷、會欺負主角的敵人和對手，以及主角心裡的願望等等，這些缺憾稍後都會在電影裡得到「修正」或「彌補」。我在創作時常常在第一幕（設定與布局）和第二、三幕（回報）之間來來回回，隨時增補這份缺憾清單。觀眾喜歡看到主角的缺憾有令人滿意的補償，而且愈多愈開心，不過你必須要在劇本的前段就把所有的缺憾、不足和問題都呈現出來，這麼一來等觀眾看到最後圓滿的結果，才會覺得是全然的享受。

STAKES ARE RAISED／衝突升高

這個詞在劇本開發會議上很常出現，其他同義的說法是「時間不多了」或「到中間點了」，意思都是指故事的張力必須開始升高了。在

中間點的地方，突然間不知從哪冒出來的問題，要比之前我們在電影前半段所看到的更棘手，也更難以捉摸。這個看似無法克服的問題，現在變成了主角的麻煩。你必須要確定衝突在中間點升高，給主角新的挑戰，並帶領他贏得最終的勝利。

STRUCTURE／架構

一部好劇本最重要的是概念，其次就是架構了。有太多時候，片廠高層對一個電影構想拍手叫好，也很喜歡劇本的風格和手法運用，但最後還是把劇本晾在一邊。這通常是因為劇本的架構一團糟，讓人無法看出它的劇情轉折和邏輯。少了完整的架構，別人就看不懂一部電影在講什麼。一個好架構是幫你賣出劇本的最基本條件之一，也是最容易學的，所以你一定要學起來！架構是我們在劇本開發會議上彼此溝通的語言，你一定要對架構的運用非常熟練才行。

SUBTEXT／潛在意涵

潛在意涵是指一場戲或一個動作在表象底下真正的意涵。一對快要離婚的夫妻在買蘋果的時候吵起架來，真正的重點並不是兩個人在青蘋果和紅蘋果之間僵持不下，而是他們的關係出問題了，為芝麻小事而吵正好證實了這一點！別直接了當告訴我們到底發生了什麼事，你要用更細膩的方式把事實隱藏在表象之下，讓我們自己去發掘，這才是更高明的編劇手法。所以，有時候劇中人說出口的台詞並不是重點，沒說出口的話才是真正耐人尋味的地方。

THEMATIC PREMISE／主題性前提

這部片在講什麼？沒錯，就算是最蠢的怪物片和最無厘頭的爆笑片，也都必須要有一個主題，如果沒有，就稱不上是一部好電影。一部好電影在本質上都會針對某個論點提出正、反兩面的辯論，在電影裡提出來的問題，也會在電影裡得到答案。你要在劇本很前面的地方，就很清楚明確地把主題陳述出來。常見的做法是，在劇本開始沒多久，例如在第五頁的地方，由一個小配角用提問的方式向主角丟出一個論點，接著引發辯論，而隨著劇情發展，論點因此會得到證明或是被推翻[41]。這個論點和由它引發的辯論就是電影的主題性前提。

THESIS, ANTITHESIS, SYNTHESIS／命題、反命題、綜合命題

指的是電影的第一幕、第二幕和第三幕。用命題、反命題和綜合命題這樣的說法，可以讓人看出主角在旅程中的進展。第一幕介紹了主角原本的世界（命題），到了第二幕，他的世界經過了翻天覆地的變化，變得和原來完全相反（反命題）。主角為了要重新掌握他不熟悉的新世界，需要將他在舊世界和新世界所學到的經驗和知識整合起來，在第三幕創造出一個綜合命題。不過主角光有歷練還不夠，他必須要能為世界帶來改變，才算是真正的英雄。

TRACKING／緊盯不放

若你手上有一部備受期待的劇本，無論它是正在送往好萊塢的路上還是即將投出，各電影公司的開發部門總監都會對你的劇本在市場上的狀況緊盯不放、密切追蹤。他們也會透過公司內部的網路系統對各個

劇本交換意見，討論某部劇本是否值得全力爭取。一部劇本是否搶手，取決於它的高概念以及作者過去的紀錄和口碑。面對搶手的劇本，各總監們有時甚至會放假消息來誤導對方，但也有可能聰明反被聰明誤，最後還是害到了自己。現行這種緊盯劇本的做法，是促使好萊塢原創劇本競價熱潮退燒的眾多原因之一，當然啦，價錢和獲利上的考量仍然是最主要的理由。緊盯劇本在市場上的狀況，可以降低電影公司出高價卻買錯劇本的機會。

WHIFF OF DEATH／死亡氣息

在架構完整的劇本中，死亡氣息是出現在一敗塗地（第七十五頁）轉折點的加分項目。在這個特殊時刻，某個人或某個東西會死去，它可以用隱喻的方式呈現，也可以是劇情裡真的有死亡發生。有可能是主角的人生導師在這時候過世，也可能是主角最好的朋友或同一陣線的盟友在這時候陣亡，或某一事物會被除掉；此時正是安插這類轉折的完美地方。一敗塗地彌漫著死亡的氣息，因為它象徵舊世界的結束，而我們的英雄會在看似世界末日的表象之下，創造一個全新的世界。

+/-

這個符號代表了一場好戲裡的情緒轉變。我最早是從羅伯特‧麥基那裡學來的，他認為每一場戲都應該標記出情緒的起伏，從某種極端情緒轉換到另一種極端情緒。他是對的。如果你把每一場戲都當成是一部微電影，你就必須要呈現出「改變前」和「改變後」的畫面，把前後的對比做出來。你怎麼設計一場戲的情緒轉換，也就決定了它的成

敗。每當我用軟木塞板和字卡來安排劇本架構時，我會在每一張字卡上寫上這個符號，並要求自己一定要非常清楚每一場戲中的情緒轉變。

＞＜

這個符號代表了每一場戲裡的衝突。每一場戲你都要這樣思考：誰有什麼目標、誰擋了誰的路、最後誰獲勝？這些問題可以濃縮成一句簡潔的陳述，並用這個符號來顯示誰在與誰對抗。如果你還沒有想清楚一場戲裡有誰登場、他們的目標各是什麼，就先別動手開始寫。

註釋

1. 席德・菲爾德（1935-2013）是好萊塢電影編劇的宗師級人物，率先用「三幕劇」架構建立系統性的編劇方法，以教學聞名於世，其代表作《實用電影編劇技巧》出版於一九八四年，是近代所有電影編劇指南的濫觴。

2. 《千面英雄》出版於一九四九年，是神話學大師喬瑟夫・坎伯（1904-1987）的經典之作。本書追溯了世界各地神話當中英雄歷險和轉化的故事，內容遍及人類學、考古、生物、文學、心理學、比較宗教、藝術與流行文化等不同領域，融匯成坎伯自成一格的見解，奠定他在神話學領域的歷史地位。書中提到的「英雄之旅」故事架構如今已廣泛運用在電影、戲劇和小說創作。知名導演喬治・盧卡斯（George Lucas）深受坎伯的啟發而創作出《星際大戰》三部曲。

3. 羅伯特・麥基是編劇教學大師，以「STORY 講座」聞名，是《故事的解剖》（Story）一書作者。

4. 這兩部片分別是由迪士尼出品的《小鬼富翁》和席維斯・史特龍（Sylvester Stallone）主演的《母子威龍》。

5. 故事前提指一部電影劇本的故事梗概，用一到兩句話簡短呈現。它要能製造懸念，引起興趣，在時間有限的情況下，幫助提案人順利將劇本推銷給經紀人或製片，因此也具有類似行銷文案的功能。

6. 作者稱此類電影為 four-quadrant pictures，是指不分性別且各年齡層觀眾都會想看的電影，也就是男女通吃、老少咸宜的電影。

7. 此片又名《The Concierge》，中文片名是《小生護駕》。

8. 原文 Golden Fleece 直譯為金羊毛，出自希臘神話中伊阿宋與阿爾戈英雄（Jason and the Argonauts）奪取金羊毛的冒險故事。愛俄爾卡斯王國的珀利阿斯在宙斯前發誓，若伊阿宋取回金羊毛，就將王位還給他。於是伊阿宋便與阿爾戈號上的英雄們踏上旅程，歷經凶險，伊阿宋最後在科爾基斯的公主美狄亞的幫助下，成功取得金羊毛。

9. 以《王牌天神》來說，編劇要如何讓金‧凱瑞飾演的角色心悅誠服地接受自己不再擁有神力？答案是讓他想要重新贏回女友的心；一來魔法沒辦法左右女友的自由意志，二來挽回女友是普通人就可以努力做到的事。珍惜眼前人是這部片的道德寓意，所以必須在情節上有所鋪陳，結局才不會突兀。

10. 作者在此用了雙關語,「這就是人生」和電影《頑皮老爸》的英
    文片名都是 That's Life!

11. 勞萊與哈台指的是史丹·勞萊(Stan Laurel)與奧立佛·哈台(Oliver
    Hardy),他們是一對著名的喜劇演員雙人組,兩人在銀幕上的形
    象和性格呈現出強烈對比。他們曾一起拍過上百部電影,活躍
    於一九二〇至一九四〇年代中期,正值美國電影的古典好萊塢
    時期。

12. 作者將《阿甘正傳》與《阿瑪迪斯》歸類到「傻人有傻福」類
    型,表示主角可能是大智若愚的角色,或者有不為人知的長
    才。在《阿瑪迪斯》中,安東尼奧·薩里耶利發現阿瑪迪斯·
    莫札特雖然瘋瘋癲癲像個傻子,卻有著永垂不朽的音樂才華,
    於是心有不甘,想盡辦法要阻撓他。

13. 原文用詞是 the primal urge,而 primal 有原始、基本、根本的意
    思,詳見本書名詞解釋 p.269。

14. 原文為 troubled sexpot,類似蛇蠍美人(femme fatale)的原型,而維
    若妮卡·雷克便是以此形象著稱。蛇蠍美人常見於黑色電影或
    德國表現主義電影中。

15. 原文為 Falstaff,指約翰·法斯塔夫爵士,是莎士比亞戲劇《亨利

四世》（*Henry IV*）和《溫莎的風流娘們》（*The Merry Wives of Windsor*）中的人物。法斯塔夫性格狂妄不羈，不僅懦弱無恥又喜愛吹噓，是個十足的混蛋，但他卻填補了亨利五世心目中的父親形象。

16. 約翰・迪羅倫於一九七五年創立迪羅倫汽車公司，由他設計的迪羅倫 DMC-12 車款，就是電影《回到未來》系列中穿越時空的道具車。

17. 情節板是一塊實體的板子，上面可以放上寫了分場摘要的字卡，是設計電影情節的好用工具。詳見本書第五章及名詞解釋 p.260。

18. 由席德・菲爾德加以系統化的理論，電影敘事可分為三幕，分別是鋪陳（setup）、衝突（confrontation）和解決（resolution）。鋪陳與解決各占全劇的四分之一，衝突則占了一半，中間以一個重要的轉捩點均分。好萊塢電影大多採用三幕劇的戲劇架構。

19. 根據好萊塢的電影劇本格式，通常一頁的劇本拍出來就是一分鐘的長度。

20. 韓・蘇洛，出現在《星際大戰》系列電影中，由哈里遜・福特（Harrison Ford）飾演。他原本是個走私客，後來成為反抗軍同盟的英雄，座艦為千年蒼鷹號 。

21. 原文 cutaway，是指與主要鏡頭的拍攝內容（當下情境）無關，而在該場戲中間插進來的鏡頭。

22. 關於作者對《記憶拼圖》的評價，已有讀者寫信為該片導演克里斯多夫‧諾蘭護航。史奈德在回信中表示，本書的出發點是幫助編劇成功賣出劇本，尤其是針對主流的商業電影市場，而做為一個教學範例，連《百貨戰警》（Mall Cop）都比《記憶拼圖》更適合。史奈德文中也提到，諾蘭之後在好萊塢拍的電影都是像《蝙蝠俠》這樣的商業大片，言下之意，寫出賣座的商業大片仍是諾蘭面臨的最終挑戰。因此，比起自身藝術性的成長，編劇仍應把觀眾放在第一位，而許多電影創作者卻秉持傲慢的態度，想拍出讓觀眾「思考」的電影，沒有照顧到觀眾想走進戲院被娛樂和被啟發的需求。

23. 現在漲價為一千美金，請情請見 http://www.mikecheda.com/services.htm

24. 反英雄是相對於英雄的概念，這種角色的特點是亦正亦邪。他也許有人格方面的缺陷，他的行事作風可能頗受爭議，卻有著英雄的氣質，做出英勇的行為。他們更貼近普通人，只是被捲入需要展現英雄特質的困境，例如《鹿鼎記》中的韋小寶。另外，不只《黑色追緝令》，在昆汀‧塔倫提諾的其他電影中，也出現過很多反英雄。

25. 泰瑞‧羅西歐是《神鬼奇航》系列的編劇之一，參與了最新一集

《神鬼奇航：死無對證》（*Pirates of the Caribbean: Dead Men Tell No Tales*）的劇本創作，也是《國家寶藏：古籍祕辛》（*National Treasure: Book of Secrets*）、《時空線索》（*Deja Vu*）和《史瑞克》（*Shrek*）等片的編劇之一。

26. 泰德‧艾略特與泰瑞‧羅西歐同樣是《神鬼奇航》系列的編劇之一，也是《獨行俠》（*The Lone Ranger*）的編劇之一。順帶一提，《神鬼奇航》系列中的傑克‧史派羅船長，便是迪士尼電影中最具特色的反英雄之一。

27. 成為美國編劇協會的會員除了必須繳交會費，還要有劇本作品，最好是已售出的劇本，或者是要有在電視台工作的經驗等等。成為會員，也就是擁有會員卡的編劇，在報酬、版權、掛名等方面都能得到一定程度的保障。

28. 瑪莉莎‧麥瑟森也是《達賴的一生》（*Kundun*）的編劇，該片導演為馬丁‧史柯西斯。

29. 《活死人之夜》的劇情是在講一對兄妹給父親掃墓，結果意外被活屍攻擊，生還的妹妹逃到一座農舍，發現早就有人藏身其中，他們一起抵抗想闖入屋子的活屍。

30. 史丹‧李是漫威之父，名聲顯赫，幾乎所有耳熟能詳的經典美漫英雄，諸如蜘蛛人、驚奇四超人、X 戰警、奇異博士、鋼鐵人、

綠巨人浩克等，都是他主創或與其他漫畫家的共同創作。

31. 《波坦金戰艦》為俄國電影大師謝爾蓋‧艾森斯坦（Sergei Eisenstein）的作品，該片是蒙太奇手法的開山始祖。

32. 由提姆‧波頓（Tim Burton）執導，傑克‧尼克遜飾演的反派「小丑」堪稱經典，而克里斯多夫‧諾蘭在其作品《黑暗騎士》（*The Dark Knight*）中塑造的「小丑」形象，也不遑多讓。

33. 彼得‧法拉利（Peter Farrelly）和巴比‧法拉利（Bobby Farrelly）。

34. 原網址已失效，有興趣的讀者請自行上網搜尋。

35. **作者注：**當年我就是這樣得到 NBC 接待員的工作。我原本打電話向一名製片自薦，也如願和他見面，雖然他最後並沒有給我工作，卻因為我們相談甚歡，他把我引薦給一個在 NBC 工作的朋友，並替我爭取到一次面試的機會。那名製片從前也曾做過電視台接待員的工作。

36. 崔西‧傑克森是《電話情緣》（*The Other End of the Line*）和《性福大師》（*The Guru*）的編劇，他與其他編劇合著的電影劇本有《購物狂的異想世界》（*Confessions of a Shopaholic*）。

37. 大衛‧波莫是《變臉》（*Face/off*）、《宅男卡卡》（*Youth in Revolt*）和

《命中雷霆》（*Struck by Lightning*）等電影的製片。

38. 鮑伯・寇斯柏是《只愛多金男》（*My One and Only*）和《未來總動員》（*Twelve Monkeys*）等電影的製片。

39. 根據迪士尼維基（The DisneyWiki）的說法是，神燈精靈作為一個超自然力量，可以自由穿梭在屬於它的世界與人類的世界，戲仿人類生活並拿大眾文化開玩笑，而羅賓・威廉斯的即興台詞是造成此效果（打破第四道牆）的主要原因。這個設定本身沒有好壞，不過本書作者覺得行不通。

40. 原文為 madeleine，它在法國文學家普魯斯特（Marcel Proust）的小說《追憶似水年華》（*À la recherche du temps perdu*）中反覆出現，後來成為意識流小說的象徵性符號。

41. 這裡的「辯論」也可以是主角內心的天人交戰。

國家圖書館出版品預行編目(CIP)資料

先讓英雄救貓咪：你這輩子唯一需要的電影編劇指南
布萊克・史奈德（Blake Snyder）著；秦續蓉、馮勃翰譯.
-- 初版. -- 臺北市：雲夢千里文化　2015.01
面；　公分
譯自：Save The Cat!: The Last Book on Screenwriting That You'll Ever Need
ISBN 978-986-89802-6-6(平裝)

1.電影劇本 2.寫作法

812.3　　　　　　　　　　　　　　103022357

寫吧 04

先讓英雄救貓咪
你這輩子唯一需要的電影編劇指南
Save The Cat!: The Last Book on Screenwriting That You'll Ever Need

作　　　者：布萊克・史奈德（Blake Snyder）
譯　　　者：秦續蓉、馮勃翰
總 編 輯：康懷貞
行銷企劃：陳旻毓、林詩惠、黃婉華
封面設計：+AKITIPE STUDIOS / Sawoozer Wang、泡芙阿姨
排版設計：李岱玲
內文校對：秦續蓉、席莫

發 行 人：康懷貞
出版發行：雲夢千里文化創意事業有限公司
地　　　址：104 台北市中山區南京東路一段 2 號 3 樓
電　　　話：(02) 2568-2039
傳　　　真：(02) 2568-2639
服務信箱：somewhere.else123@gmail.com

總 經 銷：大和書報圖書股份有限公司
地　　　址：242 新北市新莊區五工五路 2 號
電　　　話：(02) 8990-2588
傳　　　真：(02) 2299-7900

ISBN ：978-986-89802-6-6
出版日期：2015 年 1 月初版 1 刷
　　　　　2016 年 8 月初版 6 刷
定　　　價：380 元

版權所有　翻印必究
本書若有缺頁、破損、裝訂錯誤，請寄回更換

SAVE THE CAT!: THE LAST BOOK ON SCREENWRITING
THAT YOU'LL EVER NEED by BLAKE SNYDER
Copyright: © 2005 BY BLAKE SNYDER,
REPRINTED WITH PERMISSION BY MICHAEL WIESE PRODUCTIONS
This edition arranged with MICHAEL WIESE PRODUCTIONS
through BIG APPLE AGENCY, INC., LABUAN, MALAYSIA.
Traditional Chinese edition copyright:
2015 Somewhere Else Publishing Co. Ltd.
All rights reserved.

雲夢千里
somewhereelse.tw